冷徹副社長との一夜の過ちは溺愛のはじまり

第一章

株式会社グローイングリゾートの二十二階建て自社ビルの中層、十一階にある広報部フロアの一角で、高成賢正《たかなりけんせい》は眉間に不機嫌を刻み、大きな溜め息を吐いた。

腕を組んで広報部マネージャーと対峙する立ち姿は、重苦しい空気の中であっても見る者の目を引く。

賢正の祖父にあたる現会長によって設立されたグローイングリゾートは、バブル崩壊後にオフィスビルや大型商業施設などを手掛け、今ではリゾート地の復興や観光開発事業にも手を広げている国内屈指のリゾート開発企業だ。

この会社の副社長が、今まさに立腹中の彼だ。

百八十を超える長身を、オーダーメイドのスーツがスタイリッシュに引き立てている。ヘアスタイルもきっちり整い、シルエットに乱れはない。

完璧な頭身を見上げると、意思が強そうで怜悧な目元と、滑るような鼻梁《びりょう》を備えた精巧な美顔が現れるのだから、仕事中にうっかり見惚れても許してほしい。

「会社の発展に一役買えるなら、と引き受けた取材のはずだったんだが」

そんな眼福な罪を撒き散らす彼は、明らかに声をピリつかせている。

普段から冷淡な印象だったが、今はそれに拍車をかけて恐ろしい。

「まずあのお粗末なインタビューはなんだ。目新しさも中身もない、わざわざ貴重な時間を割いてまでやる必要があった取材だと思うか？」

「い、いえ……あれはさすがに私も……」

いつものんびりとした雰囲気の丸眼鏡のマネージャーが、賢正のただならぬ怒りを前にまるでライオンに噛みつかれんばかりの子犬だ。

「しかも、俺のパーソナルに触れたところで会社の利益になるとは思えないと事前に伝えていたはずだが、よくもいけしゃあしゃあと女の好みを聞けたものだな、あの女記者は」

「先方には、プライベートな質問はＮＧだとお伝えしていたのですが……」

静まり返った広報部内に、再び溜め息が響き渡る。

ごくりと唾を飲み込む音ですら聞こえそうな空間で、賢正の黒い瞳が、マネージャーの後ろに控える三条《さんじょう》陽奈美《ひなみ》に突如向けられた。

見目麗しい尊顔に捉えられ、反射的に頬を染める。

その反応に切れ長の目元が苛立ちに歪み、鋭さを増した眼光に貫かれた陽奈美は一瞬で硬直した。

「浮ついた気持ちで業務に当たる担当は付けるなと言ったはずだ」

そう言われても、顔が赤くなるのは不可抗力だ。

彼の完璧過ぎる容姿に、心をくすぐられない女はいないだろう。

自分の反応を猛省しつつも、陽奈美は異議を唱えたかった。

「そもそも、インタビュアーは編集長クラスの機知に富んだ男性をというのが取材の条件だったと記憶しているが？　ミーハーなことしか聞けない新人を寄越すとは、うちの会社も舐められたものだな」

睨まれながら言われた言葉は、今回の取材を任された陽奈美を直撃する。

取材中には一切見せることのなかった眼光の鋭さ。

『ノーコメント』とにこやかに返答していた彼の苛立ちは、今まさに女性記者の代替として陽奈美に向けられている。

彼がこれほど怒っているということは、やはりあの噂は本当なのだ。

女嫌い。

この見てくれでいて、甚《はなは》だもったいない。

婚約者がいて、その女性以外は受け入れない一途さだとも一部では囁かれているが、陽奈美に向けられる憤懣に満ちた眼差しを見ると、本当に女嫌いなのだろう。

しかし、陽奈美としても、あの女性記者と一括りにされたくはない。

大学卒業後グローイングリゾートの広報の職に就いて、勤続年数は六年を超えた。

社内報はもちろん、外部へのプロモーションなどの大きな業務を任されることも多くなってきた。

陽奈美は、今回の雑誌取材を自身のキャリアアップの一環として、一からプランニングして今日を迎えたのだ。

「自分のパーソナルを晒《さら》して客寄せパンダになるつもりはない」

「申し訳ございません。今日の取材については雑誌発売前に原稿の確認を徹底いたしますので」

「当然だ」

賢正は目を伏せ、マネージャーの対応を受け入れた。

すると彼の背後から「副社長、お時間です」と秘書の瀧《たき》が、柔和《にゅうわ》な声で凍り付く空気を変えた。

元は賢正の父である社長の専属秘書をしていた彼だが、数年前からは賢正の片腕として働いている。常に冷静沈着に物事を見極めることのできる優秀な人材だ。齢は四十を超えていて、賢正に引けを取らない端整な顔にはファンも多い。

「すまない、行こう」

尖っていた賢正の声を丸く収めてくれた瀧に部の全員が感謝をしつつ、退室していく後ろ姿に一堂揃って「お疲れ様です！」と礼をする。

凍った空気が彼らとともに流れ出たあと、弛緩《しかん》するようにあちらこちらで安堵の溜め息が広がった。

「申し訳ありません、マネージャー。私がもっと念入りに確認をしておけば」

九十度のお辞儀をする陽奈美は、今回の雑誌取材においての責任を感じていた。

マネージャーが賢正に告げた通り、女性記者は寄越すな、内容も硬派なものを、と先方にはわりと強めに話していたのだが、やってきた記者は明らかに賢正に私的に近づきたがっていた。

「三条さんのせいじゃないよ。僕もまさか、あんな軽い感じの取材になるとは思わなかったから」

陽奈美は「申し訳ありません」と再度謝罪の意を伝える。

ひとまず原稿の確認だけはきちんとやって行こうというマネージャーのフォローを受けてから、インタビュールームの後片付けに向かう。

正直〝舐められた〟のは、会社ではなく陽奈美だろう。

打ち合わせのやり取りをしていたのも、あの女性だった。

間延びしたような返事が、最初から引っかかっていたのだ。

サンルーム仕様になっている外部対応専用の部屋で、丸テーブルに置き去りにされた取材用のレジュメを集める。

自分で作ったそれを拾いながら、取材のアポイントを受けたときに、マネージャーが陽奈美を担当に抜擢《ばってき》してくれた数週間前を思い出す。

(こんなはずじゃなかったのに……)

初夏の陽光を目いっぱいに取り込む明るい部屋で、先ほどの誰とも意味の違う溜め息を零《こぼ》した。

外部への顔と言っても過言ではない広報部の仕事。

やり甲斐はもちろんある。けれども、会社の対外的な評価をダイレクトに受ける重要なポストだから、ミスやトラブルは許されない。

賢正のずば抜けて秀でた容姿を活用しない手はなくて、当然それは彼自身も了承している。

だからこそ、プライベートな質問をぶつけられても営業スマイルでかわして見せた。

副社長である彼に気を遣わせないといけない状態であったことが、陽奈美の自尊心に相当なダメージを与えていた。

（しかも、私までミーハーだと思われたみたいだし）

高校こそ男女共学の世界を生きたものの、女子校生活の長かった陽奈美にはあのレベルはまだまだ刺激が強すぎる。

さらにあの眼光で貫かれたのだから、卒倒しなかっただけましだと思うのに。

終わってしまったことをいつまでも嘆いてもキリがないと、唇を噛みしめて軽く清掃したインタビュールームを後にした。

＊

発売前に記事を必ず確認させてほしいと、角が立たないように御礼を兼ねた連絡をした。

消化不良でありながらも、大仕事が一段落した解放感は素直に受け止めたい。

ようやく迎えた休日の土曜日。

陽奈美は午前中から自宅マンションを出て、電車で三十分ほど離れた実家へと向かった。

大きな戸建ての建ち並ぶ住宅街には、なだらかな坂が多い。

勾配《こうばい》のある道のりと最寄り駅からの距離を鑑みると、タクシーで向かうのが利口だ。

駅前で拾ったタクシーに揺られ、ほどなくして見えてきたのは、二階建ての建物を覆い隠すほどのモダンな石積みの塀。

道をなぞるようにしなやかな曲線を描いたその先に、見覚えのない黒光りするセダンが停まっていた。

陽奈美の母・朱美《あけみ》は車を所有していない。実家のものではないとなると、来客があったたか。

しかし、土曜の午前中、今はまだ十時を回らない時間だ。

こんなに朝早くの来訪を怪訝《けげん》に思いながら、陽奈美は自宅の敷地の手前でタクシーから降りた。

我が家ながらも、恐る恐る木製のシャッターの閉まるガレージに近づいていく。

すると、ガレージ脇の塀の奥から誰かが出てきた。

「今日はありがとうございました」

「とんでもございません。それでは失礼いたします」

礼を言うのは朱美の声だ。

一方、とても丁寧な物腰で答えたのはどこかで聞き覚えのある男の声。

次の瞬間、車に歩み寄ったその声の持ち主を見て、陽奈美は驚愕した。

(あれって、瀧さん⁉)

見間違えるはずがない。賢正の秘書だ。

休日のはずなのに会社で見るのと変わらないスーツ姿に、瞬きを忘れる。

車に乗り込む彼を見届ける朱美の横顔は、心なしか上気しているようにも見えた。

年齢こそ五十を迎えたばかりだが、我が母親ながら昇る朝陽に照らされる姿は美人の部類だと陽奈美は思う。

しかし、独身とはいえ朝帰りをするほど奔放《ほんぽう》なのには娘としては複雑で、世間体も気になるところだ。

走り去る車に頭を下げて見送った朱美は、名残惜しげに行く先を見つめる。

溜め息を吐いて陽奈美のいる方へと向き直ると、はっと目を剥いた。

「あ、あら、おかえりなさい」

「ただいま」

突然の娘の帰宅に戸惑う朱美は、咄嗟に笑みに変える。

狼狽えてしまう朱美の心境を察し、陽奈美は少しがっかりした。

朱美は今でも父だけを愛していると思っていたからだ。

父が亡くなって十四年、もちろんもう新しい人生を考えても何も悪いことではない。

ただ、陽奈美が自立を考え実家を出てからというもの、淋《さび》しいからなのか、朱美は夜遅くまで出歩くことが多くなった。

「今帰ったの？　さっきのって……」

朱美に向ける語気が少々きつくなってしまった。

怪訝《けげん》に眉を寄せてしまったことを自覚し、ふと昨日の賢正の険しい顔を思い出して内心身震いする。

「わざわざ送っていただいたの。陽奈美の会社の秘書さんでしょう？　あちらのおうちの方にお呼ばれしてお話が盛り上がっちゃったから、お泊まりさせてもらったのよ」

陽奈美の訝しげな様子を持ち前の可愛らしさで緩和しようとする朱美。

にこにこと無邪気に微笑む彼女に、陽奈美は諦めたように嘆息した。

「まあいいけど。もうすぐ田村さんが来る時間なんじゃない？」

「そうなの。だから朝食もそこそこに帰らなくちゃいけなくて、申し訳なかったわ」

朝食までご馳走になったのか、と零《こぼ》す溜め息もなく、自宅へと戻る朱美の後に続いた。

毎週土曜日の午前中、朱美がひとりで住む実家にはハウスキーパーがやって来る。

掃除くらい自分でできそうなものだが、何せ陽奈美の実家は辺りの住宅にも負けず劣らず豪邸だ。

生粋《きっすい》のお嬢様育ちの朱美が、いくつもある部屋の掃除に手も気も回せるはずがない。

資産家である陽奈美の祖父から受け継いだ邸は、父が健在の時に改修したものの、やはり女ひとりで維持できるような代物ではないのだ。

小さく軋んで開く大きな玄関扉をくぐりながら、陽奈美はスリッパに履き替える朱美の背中に声をかけた。

「うちの不動産営業部でも取り扱いしてくれるって言ってたよ？　グローイング経由なら、いい家主さん見つけてくれるよ」

「嫌よ、絶対」

振り向かないままリビングへと向かう朱美は依然、頑として譲らなかった。

ひとりで暮らすには持て余すこの家を手放し、その資金で都内のセキュリティの万全なマンションにでも一緒に移り住もうと持ちかけて早数年。

朱美は陽奈美の話に耳を傾けようとはしなかった。

ハウスキーパーだってただではない。

石塀に囲われた木々の茂る庭だって、定期的に庭師に手入れをお願いしている。

働かなくても有り余る資産の運用で食べて行けるとは言っても、無駄に広い家。

結婚願望のない陽奈美には、跡取りの期待もできないというのに。

朱美が再婚するというのなら話は変わるけれど。

「さっきの瀧さんとは、どういう……」

「彼は送ってくださっただけよ」

グラスをふたつ用意しお茶の用意をしながら、朱美は食い気味に答えた。

つんと澄ましているけれど、さっきの後ろ姿を見たら送ってもらっただけのようには感じられなかった。

それを陽奈美が突っ込む前に、ぱっと顔を輝やかせた朱美がお茶を注ぎながら捲し立てる。

「そう！　それでね、あなたに話すことがあって。瀧さんが秘書をしている高成さん。あちらのおうちの方とは昔お会いしたことがあるんだけど、陽奈美は覚えているかしら。お父さんと昔よく行っていた別荘のご近所さん。お父さんが亡くなった年に行ったのが最後だったから、十四年前になるわね」

「え!?　〝あちらのおうち〟って瀧さんのことじゃなくて、うちの会社の社長の家のことなの!?　お邪魔してたのは、社長の家!?」

聞き捨てならない苗字が出てきて、ソファに腰かけようとした陽奈美は声をひっくり返して驚いた。

なんてタイムリーな。こんなに立て続けに賢正との関わりが出てくるのかと青くなる。

昨日の反省は十分にしたものの、立腹した彼の様子は若干トラウマになっているところだ。

しかも、朱美は今何と言った？

(十四年前に親交があった？　高成家と？)

そうは言うものの、賢正の方も陽奈美を知っている様子はなかった。

一社員として、しっかり叱咤されている。

だが、遠くに追いやっていた記憶から、不意に朧《おぼろ》げな影が蘇《よみがえ》ってきた。

夏の夜。

どこかの家のバルコニーで見た大輪の花火。

あの日は、たしか隣に誰か居たような気がする。

「そうよー。凄い偶然でしょう？　私もすっかり忘れていたんだけど、先日たまたまお呼ばれしたパーティーで会って。近況報告も兼ねて改めて昨夜お誘いいただいたのよ。それでね、陽奈美」

驚きからの脱力でソファに沈む陽奈美の前に、綺麗な色の冷茶を出した朱美は両手を合わせて名案とばかりに目を輝かせた。

「高成さんのご子息とお見合いしない？」

霞がかった過去の情景を手繰り寄せようとしているところを、可愛らしくころころとした声に振り払われた。

お茶に伸ばした手が、その瞬間に目的を忘れる。

(は？)

大きな疑問符が陽奈美の周りに散らばる。

「高成賢正さん。前に会った時は高校生だったのよね。その時もイケメンだと思ったけど、ますます魅力的になられていてキュンとしちゃったわ。あんなに素敵な方なのに、まだご結婚なさってないなんて」

朱美が頬を染めて何の話をしているのか、理解が追いつかない。

(見合い、と言った？　誰が？　誰と？)

「陽奈美もそろそろ将来のこと考えてもいい年なのに、ちっともその手の話が出てこないんだもの。ちょうどいい機会だからって、先方も快諾してくださったわよ」

「ちょ、ちょっと待って！　お見合いなんて、どうしてそんな勝手に」

どうやら自分の見合い話だと気づき、寝耳に水のそれがすでに進行しているらしい様子に青ざめる。

「悪い話じゃないわよ。ちゃんとしたお家柄だし、賢正さんは素敵な方だし、私としても安心」

「そうじゃなくて」

見合いどころか、結婚のけの字すら考えたことがない陽奈美に、朱美は優良物件とばかりに太鼓判を押す。

するとそこへ、リンゴンと無駄にゴージャスな自宅の呼び鈴が鳴った。

「あら、田村さんね」

リビングのアンティークな柱時計を見やってから、言いたいことを言い切った朱美はすっきりした顔で立つ。

スキップしそうな後ろ姿を唖然と見送り、文字通り陽奈美は頭を抱えた。

(副社長とお見合い⁉　いやいやいやいや、ないでしょう。ありえない)

まざまざとよみがえる昨日の鬼の形相。

怖すぎる。

それに、仕事一筋と揶揄《やゆ》される賢正が、見合いを快諾したというのも信じ難い。

それなら相手が自身の会社の社員であると知らない可能性はある。

いや待てよ。

そもそも彼にはすでに婚約者がいたはずだ。

どちらにしても、陽奈美自身に結婚願望がないのだから、これは断る方向で話を締めるべきだ。

「いえ、ですから……」

遠くから朱美の困った声が聞こえてきた。

ハウスキーパーの田村《たむら》が来たのではなかったのかと聞き耳を立てると、朱美が相手をしているのはどうやら男性のようだ。

様子が気になるが、この家から離れてもう五年の陽奈美が割り込めるほど事情はわからない。

「あっ、田村さん。お待ちしてました。……申し訳ありません。これから、忙しくなるものですから」

田村の到着を歓迎する朱美に、「大変失礼しました」と丁寧な口調で詫びる男性。

営業セールスか何かだったのだろうかと、陽奈美は冷たいお茶でさきほどまでの話を喉に流す。

「そうなんですよ、先日から何度も」

リビングに戻ってくる朱美は、後に付いてくる田村に何やらぼやいていた。

「男手がないから甘く見られているのかしら」

「そうですねえ」

「はあ、陽奈美がお婿でも取ってくれたら安心なのに」

戻るやいなや自分の話に繋げられ、陽奈美は含んだお茶を噴き出しそうになる。

んぐっと無理矢理飲み込んだ。

「お、お婿って……」

「陽奈美さん、おはようございます」

振り返った陽奈美に、小柄な田村がエプロンを手に丁寧に頭を下げた。

「おはようございます、田村さん。いつもありがとうございます」

とんでもございません、とシワの多くなった笑顔を返してくれる彼女は、陽奈美が物心つくころから世話になっているハウスキーパーだ。

「田村さんもそう思わない？　三条家の名前は継がなくてもいいから、うちに入っていただけるだけで安心なのにねえ」

そうですねえ、と話を合わせる田村は、にこにことエプロンを身に付けテキパキと仕事に取り掛かった。

陽奈美を気遣って、田村は別の部屋の掃除に向かう。

再び母娘だけになったリビングで、朱美は嬉々として話を戻してきた。

「どう？　お見合い」

「無理」

即答する陽奈美にめげず、朱美は隣に腰掛けてくる。

「どうして？　あちらも乗り気なのに」

「勤めてる会社の副社長だよ？　あっちだって、社員とお見合いなんて気まずくてしょうがないと思うけど。だいたい、副社長は私が自分のところの社員だって知っているの？」

「知っ……ているはずよ、きっと」

なんだその間は。

しかも目を逸らしたぞ。

人差し指を顎に当ててぶりっ子しても、誤魔化されない。

なんだか歯切れの悪い回答に、訝しく目を細める。

昨日の今日だ。なんなら朱美がその話をしてきたのが昨日のことなら、まさに当日叱責した相手との見合い話を、果たして彼が快く受けるだろうか。

見合い話自体が社交辞令か、もしくは相手が社員だと知らないか。

「私、結婚は考えてないから」

「ほらぁ、すぐそんなこと言う」

そもそもだ。陽奈美はかねてより、自立志向が強かった。

愛する人、家族が居ることは素晴らしいことだと思う。

けれど、それを失くしたときの悲しみは、もう二度と味わいたくない。

それに、最愛の夫の死を振り切るように頻繁に遊びに出かけるようになった朱美は、陽奈美の目には痛ましくさえ見えた。

朱美のことは大好きだけれど、彼女のようにはなりたくなかった。

有り余る財産で生活し、独りになると遊んでばかりいる朱美。

悲しみを乗り越えるためだとわかってはいるけれど、目的のない日々は、生きる活力を見出せないと思った。

中学までは彼女と同じお嬢様学校に通っていたが、高校はちゃんと受験をして父と同じ学校を選んだ。

大学進学や就職を目指す友人に囲まれ、刺激を受けた陽奈美もやがて自分で何かを成し得ようとする生き方にとても魅力を感じるようになった。

ひとりでも生きていける。そんなふうになりたかった。

「ひとりで生きるのは、淋《さび》しいわよ」

陽奈美の尖った声を聞いて、朱美は悲しげに微笑んだ。

「陽奈美には、ちゃんと幸せになって欲しい」

母の言葉は重みが違う。

でもそれは、一緒に生きると決めた人が居たからだ。

なのに居なくなってしまった。

それなら、最初からひとりで生きると決めていれば、そんな悲しい思いをしなくて済む。

これまで恋人を作ろうと思わなかったのも、いつかきっと別れの時がやって来るとわかっていたからだ。

「私は今でも十分幸せだよ」

何をもって幸せとするかは、自分以外の誰にも測れないことだ。

「でもお見合いはしましょう？　もう日程も決まっているし、今さら断ってあちらに恥をかかせるのは悪いじゃない」

さっきまでのしおらしさはどこへ行ったのか。

合わせた手を首と一緒に傾げて、きゅるんと愛らしく笑む五十路の朱美。

首尾よく話をまとめているが、それは本人の意思とは関係の無いところで勝手に取り決めたことではないかと呆れる。

けれど、賢正に恥をかかせるとあっては、陽奈美としては捨てておけない。

快諾されたらしい見合いを断ったあと、会社でどんな顔をすればいいのか。

あの威圧感と、プライドの高そうな彼の前で平然としていられる自信はない。

結婚する、しないは別として、あちらの顔を立てるために見合いだけでも受けておく方が無難かもしれない。

「あちらはお見合いする気なのよね？」

「もちろんよ」

はあと覚悟の溜め息を吐く。

「いつ？　場所は決まってるの？」

自立のために母親をひとり残して家を出た手前、少しくらいは親孝行しなければという義務感も手伝った。

「言っておくけど、結婚するかしないかは自分で決めるから」

「ええ、構わないわ」

しないけど、とは言わず、喜ぶ朱美に免じて話にだけは応じよう。

はっきり断るのもまた恐ろしいことのような気がするが、あちらに気に入られなければいいだけの話だ。

あくまで自然に、縁がなかったと思ってもらえればいい。

奥様、と呼ばれる朱美の背中に少しの罪悪感を覚えるが、選択権はこちらにあるはずだ。

あの崇高で恐ろしい人の姿を思い浮かべるだけで緊張する。

見合いの場で叱責を食らうとは思わないけれど、やはり陽奈美にとって彼は畏怖《いふ》の対象であった。

＊

十四年前。陽奈美が両親に、高校は受験をして都内の学校に行きたいと打ち明けた中二の夏。

朱美は幼稚園からの大学附属高校に行かせたがったが、父は自分がそうだったように陽奈美が行きたいところに行けばいいと認めてくれた。

陽奈美は父の通った高校に憧れていた。

幼稚園から顔ぶれの変わらない学校への進学も悪くはないけれど、もっと違う世界を見てみたいと、漠然とした憧れを抱いていたのだ。

受験は甘くないと父にも教師にも念を押されていたその頃。

例年、三条家所有の別荘で余暇を過ごしていたのだが、その年は初めて近くにある別の所有者の別荘へ招かれた。

近くといっても歩いて数分はかかる。互いの別荘が見える位置にはなく、双方のプライバシーは守られていた。

故になかなか顔を合わせる機会はなかったのだが、何がきっかけだったのか当時の陽奈美は知らないまま、高成家と夕食を共にすることになった。

覚えているのは、三条家より広いリビングで食べたパエリアと、夜空に大きく花開いた打ち上げ花火。

談笑する二家族の中でも、互いにひとりっ子だった高成家の息子とは少し話したような記憶がある。

それまで、父や教師以外の異性とほとんど関ってこなかった陽奈美にとって、緊張の対象だった高成家の息子。

薄暗がりだったこともあり、直視できなかった彼の顔はほとんど覚えていなかった。

(昔一度会ったことがあったなんて……入社したときも、全然気づかなかった)

記憶に残っていなかったのには理由がある。

別荘から帰ってすぐ、父が急逝した。

脳梗塞だった。

泣き崩れる朱美に、寄り添うのが精一杯だった。

夏の想い出を振り返る余裕なんてなかった。

そして、泣いてばかりで何もできなくなった朱美を見て、大切な人を失うことが怖くて仕方なくなったのだ。

だから、恋人は要らない。結婚なんてしなくていい。

そう思っているのに、陽奈美は今、ザ・お見合いの格好でフレンチレストランの一角に座っていた。

湾曲したガラス窓の外で、梅雨の晴れ間が青く澄んでいる。見下ろせば都会のビル群が堅苦しく寄せ集められ、土曜の昼間も気を抜けずにいるようだ。

手元に視線を移せば、天気に見合う爽やかな淡い水色の着物が陽奈美のありもしない気合いを物語っていた。

「昔も随分美人なお嬢さんだと思ったけれど、大人になってますます磨きがかかりましたねえ」

「そうでしょう？　自慢の娘ですから」

大きな丸テーブルの隣同士でうふふと笑い合うふたりの母親。

朱美の隣で髪をオールアップにまとめた淑女は、賢正の母・叶恵《かなえ》だ。

彼の黒髪は母親譲りなのだろう。

朱美とは違う種類のクール系美女だが、話す雰囲気はなんだか姉妹のようにそっくりだ。

これは意気投合するのも頷ける。

「ごめんなさいね、陽奈美さん。息子は何かと忙しくて、ギリギリにしか来られないみたいなの」

「いえ、私は全然構いません」

とは言いつつ、早朝から着付けとヘアメイクに時間を取られ、朝食べたおにぎり一個はもう腹の虫を治めきれなくなっていた。

引き締められる帯は苦しいし、型崩れしないように姿勢を保つのもキツい。

(せめてワンピースが良かったのに……)

朱美が自分の着物を着せたがって譲らなかった。

父との結納でも、これを着たのだそう。

そう言われてしまっては、見合いを成就させようとは思っていない手前邪険にできなかった。慣れない息苦しさは静かに息を吐いて堪えるしかない。

目の前には真っ白なクロスの上にシルバーのカトラリーが上品に並んでいる。

早く食事を済ませて、ここを出たい。

この場限りの見合いだ。

特別何か気に入られようとする必要はないのだから、早く終わることだけを考える。

円形の広いフロアには、大きなテーブルが数卓しかなく、他の客との距離もあって話し声は気にならない。

高い天井に悠然とぶら下がるシャンデリアが高級店の象徴のように煌めく中、入口の方から「いらっしゃいませ」という声が聞こえた。

店内へ入ってくる人影に母親ふたりが気づき、嬉々として立ち上がった。

彼女らに倣《なら》い、腰を上げて振り向くと、ギャルソンに率いられる長身の男性がこちらへ向かって闊歩《かっぽ》していた。

少し俯《うつむ》く目元はシャープで、通った鼻梁《びりょう》が美しくその顔を引き締める。

相変わらず均整の取れた躯体をダークグレーのスーツに包み、見る者を魅了する。

うっかり見惚れる陽奈美と、まだ少し離れたところにいる賢正の目線がかち合った。

どきりと胸を打つのは、植え付けられた緊張。

そして、雌の本能に抗えないときめきに頬が熱くなる。

その途端に彼は歩みを止めた。

「待っていたわよ、賢正」

「こんにちは、先日はお世話になりました」

声をかけるふたりに、賢正はじわりと視線を移した。

「どういうことだ」

彼が最初に発した言葉は挨拶などではなかった。

瞬間、陽奈美は察する。

(見合いを快諾したなんて、嘘だ)

陽奈美の姿を見て、驚いている。

彼は、見合いだと聞かされずにやって来たのだ。

彼の低い声に、先日の叱責を思い出す。

怒らせようと思ったわけではないのに、自分がその一端となっていることは違いない事実。

謝ろうにも、眉間に深く刻まれる皺に彼の明らかな怪訝《けげん》と憤懣の感情が見え、怖くて口を開けない。

「あなた、こうでもしないと来なかったでしょう。あ、瀧さんを怒るのはなしね」

瀧にも共謀させていたようだ。

あの日と同じ、大きな溜め息が広いホールに響く。

ギャルソンを下がらせ、三人のいるテーブルへと歩み寄ってきた賢正は、陽奈美を一瞥《いちべつ》した。

一瞬だけの眼差しは相当な怒気を孕み、過ちを咎められたようで酷く気落ちする。

「結婚はしないと言ったはずだ。見合いの必要も、時間もないと」

騙されたことに憤慨している。

ここが会社ではないことがせめてもの救いだ。

きっと彼の戦場である職場であれば、この苛立ちに満ちた声はもっと爆発していたに違いない。

「そんなこと言わずに、せっかく時間を作ってくださったんだから、食事するだけでもいいじゃない」

叶恵はどこまでも朗らかに、見てわかる彼の苛立ちをあしらう。

「時間を作ったのはこちらの方だ。予定していた会合を断って来た。今からでもそちらに行く」

もう陽奈美の方を見ることはなく、踵《きびす》を返す賢正。

またしても、陽奈美が原因で彼を怒らせてしまった。

正確には、今日の事情をきちんと話していなかった叶恵の所為だが、言われるがままのこのこと
やって来た陽奈美にも彼の怒りの矛先は向いているはずだ。

しかも別の会合を断ってまでここへ来た彼に、気に入られなければいいという軽い気持ちでいた
自分を大いに恥じた。

「ちょっと賢正。仕事も大切だけど、あなた自身のことも大切にしないと。仕事をしていく上でも
支えてくれる人は必要よ」

説得しようとする叶恵の言葉は、賢正の背中に跳ねつけられる。

「こちらは構いませんよ、叶恵さん」

「いいえ、朱美さん。せっかくの十四年来のご縁なのに、こんな簡単に足蹴にされたくありませんから」

息子が息子なら母も母のようだ。

頑なな性格は血縁を物語る。

「覚えてるでしょう？　あなたが高校生の頃、一度うちの別荘でお食事したことがあったでしょう。あのときの三条さん。大人びた陽奈美さんが中学生だって聞いて驚いてたじゃない」

叶恵は、奥の手でも出すように彼に投げかけた。

陽奈美はそんな昔の話に何の力があるのかと思ったが、予想だにしない反応を目の当たりにする。

席につくことすら拒否した彼が、母親の言葉にピタリと足を止めたのだ。

そして、おもむろに振り返るなり、彼の驚きに満ちた眼が陽奈美を真っ直ぐに捉えた。

「あれからずっとあちらの別荘にはいらっしゃらなかったって。十四年経って偶然再会したのは、これ以上ないご縁だと思わない？」

大きく見開いた目が陽奈美を射貫き、先日のトラウマを思い出して緊張が走る。

けれど、見た事のない賢正の動揺する姿に、血が通った人なのだと初めて彼を身近に感じた。

そしてその原因が自分との再会にあったと思うと、他の誰とも違う存在になったようで、胸が高鳴った。

彼に見られていることが恥ずかしくなり、じんわりと頬が熱くなる。

そんな自分の様子を見て、彼の表情はわずか数秒の間に驚くほど変わっていく。

何も言えずに立ち尽くすだけの陽奈美を見つめたままの目は、みるみる厭《いと》わしげに歪んだ。

「結婚はしない」

念を押すようにただ一言、それだけを告げた賢正は、もう振り返ることなくレストランを出ていってしまった。

周りの客もちらちらこちらを見ている気配がする。

なんとも言えない気まずい雰囲気に、着席を促したのは叶恵だった。

「ごめんなさい、陽奈美さん。あの子本当に仕事人間で、私生活には目もくれないのよ。マンションの部屋もちゃんと帰っているのか心配で」

「私は大丈夫です。副社長も、きっと驚かれたんだと思います。お忙しいのは私もよく分かっていますから」

陽奈美の目論見通りとはいかなかったが、結果だけ見れば結婚はしなくて済む雰囲気だ。

しかし、あそこまではっきり結婚を拒否されるとは思ってもみなかった。

そもそも朱美からは見合いを快諾したと聞いていたのに。

(なんだか私が振られたような感じになった気が……)

ほっとした気持ちもあるが、複雑だ。

「お優しいのね、陽奈美さん。陽奈美さんがあの子のお嫁さんになってくれたら凄く安心なのに」

賢正のあの様子を見てもなお、彼の伴侶として推してもらえるのは光栄な事だが、謝罪はしつつも叶恵は懲りていない様子だ。

「あの子にはきちんと話しておきますね。せっかくだし、お料理はいただきましょう」

もうこの話は落着したはずだ。

これ以上の展開はないと思い、上品なフレンチを作った笑顔で黙々と口に押し込んだ。

＊

「一応話してはみたんだけど、やっぱり直ぐに査定してもらうのは難しそうなの」

あれから数日。

いつもと変わらない毎日を過ごす中、休憩時間に不動産営業部へとやってきた陽奈美は、ランチの誘いがてらに同期の純哉《じゅんや》と話をした。

「陽奈美のお母様のお気持ちもわからなくはないけどね」

「でも、ひとりで暮らすには大きすぎる。しかも十年以上使ってない別荘までまだ持っていたなんて」

「それは陽奈美がお婿を取って、資産全部継げばいいだけの話なんじゃない？　僕はそれが一番の解決策で、親孝行だと思うけど」

「純哉までお母さんと同じこと言わないでよ」

溜め息混じりの力ない笑いをにこやかに受け止めてくれる純哉は、見た目こそ社内でも上位クラスのイケメンなのだが、中身は陽奈美が苦手意識なく話せるくらい女子だ。

顧客の前では、自身の華を存分に活かした営業力を見せつけるやり手のイケリーマン。

けれど、プライベートの彼は別人で、自分のパーソナルを隠さない彼に泣かされた女性達を何人見てきたことか。

恋愛対象が女性ではない彼との友人関係は大学生の頃からになる。

「今日の日替わりはたしか……」

純哉がスマホで社食のリサーチをしているところに、部のフロアの空気を塗り替える人物が現れた。

営業部長と何やら真剣な面持ちで話しながら闊歩《かっぽ》してきたのは、賢正だ。

「ヤバい、今日もイケメン」

スマホを抱きしめ、乙女な発言をする純哉。

一方陽奈美は、先日の見合い未遂事件の日から初めて遭遇する彼に、緊張と恐怖、そして若干の気まずさを感じる。

けれど、三百はいる社員の中で、彼との接触はこれまでほぼなかった。

しっかりとあの鋭い眼光で貫かれたのは二回きり。

レストランでだって、自社の社員と気づいた様子はなかった。

仮にあのあと陽奈美が社員だと聞かされていたとしても、あの拒否の仕方を見れば、顔を覚える以前の話だと思う。

陽奈美が平然としていれば、賢正が気づくはずはない。

そう思っていたのに——

ランチに出る社員達がいちいち彼らの横で立ち止まり、話し込む賢正と営業部長に挨拶をしていく。

その流れに紛れ早くこの場を離れたくて、賢正に見惚れる純哉を置いて足早に通過する。

「お疲れ様でぇす」とか細い声で頭を下げたところで、真剣な話をしている最中の賢正が、ふと会話を止めた。

何の沈黙か自分には関係の無いものだと彼らの脇をすり抜ける陽奈美は、突き刺す視線の気配を感じた。

シックスセンスとはよく言ったもので、五感のどれも情報を得ていないのに、賢正の強い視線が陽奈美に向けられているとわかった。

気づかれるはずがないとタカをくくっていた陽奈美は、強い気配に思わず顔を上げる。

視線を向けたその先では、営業部長と話していたはずの賢正が、先日と同じように目を見開いて陽奈美を見ていた。

刹那、空気が止まる。

そう感じたのは恐らくふたりだけだ。

——バレている。

冷や汗が背を伝い、踏み出す足を鈍らせる。

またあの断固拒否の意思をぶつけられるのかと無意識に身構えると、瞬きもしないうちに、彼の目が細められひくりと不快そうに歪んだ。
一秒もしないほどの時間。
その僅かな合間に、ふたりの間で起伏の激しい感情が往来した。
目を逸らすのも、逸らされるのも同時。
なぜか陽奈美を非難している気がして、モヤモヤとした後味の悪さが残る。
「ええ、たしかにグローリー開発と――」
「それが確かなら――」
陽奈美などいないかのような彼らの会話を背中で聞く。
確かにここで微笑んだら不自然極まりないだろうし、スキャンダルの元だ。
接点を公にしないのは正しい行動である。
それにしても、あそこまで嫌悪を露《あらわ》にしなくてもいいのではないかと思う。
（私、何かしたっけ？）
業務上の過失ならまだ話はわかる。
だが、彼のそれは、レストランでの出来事が起因となっているに違いなかった。
彼にとってあのお見合いは、陽奈美の顔を覚えるほど不快な出来事だったのだろう。
結婚を望んでいないなら、その点に限っては気が合う。
母達が目論むような展開になる可能性は一ミリだってない。
それなのに、彼のあの態度は腑に落ちない。

（どちらかというと、はっきり断られた私の方が不快に思ってもバチは当たらないはずなんだけど）

それでも彼は、陽奈美の上司だ。

副社長という圧倒的権力の持ち主。

盾つこうものなら、ここまで積んできたキャリアが頓挫《とんざ》しかねない。

大人しく、平和に人生を謳歌するに限る。

生涯独身と決めているのだから、仕事を失くすわけにはいかないのだ。

「はあ、一度でいいから副社長に抱かれてみたい」

うっとりと頬を染めた純哉が追いついてきた。

女嫌いの賢正なら、可能性はあるのではと思いながら、もう彼とは関わらないに越したことはないと陽奈美は密かに誓った。

第二章

「久しぶりに行ってみましょうよ、別荘」

朱美がそう言ったのは、数週間前のことだ。

陽奈美の夏休みに合わせて、十四年間足を運んでいなかった別荘にもう一度行こうと言い出したのだ。

てっきり、朱美は父との思い出の場所に行くのは辛いのではないかと思っていた。

この間の高成家の見合い未遂事件まで、チラッとも別荘のことは口にしなかったくらいだ。

辛いことに変わりはないだろうが、大切な場所だ。

「陽奈美もあの素敵な場所を思い出せば、手放すなんて考えはなくなるわよ、きっと」

陽奈美はそれまですっかり別荘の存在を忘れていた。

賢正との話がなければ、まだしばらくは思い出さなかっただろう。

自宅同様、管理会社に任せっきりの別荘もまとめて売却しようと言った陽奈美に、返ってきた朱美の回答がそれだった。

意外と頑固な彼女に押され、陽奈美は今、タクシーで沿岸の道路を走っている。

避暑地とはいえ、真夏の陽射しは強い。

けれどそれをものともせず、眼前に広がる海はきらきらと爽やかに水面を弾けさせ、都会の夜景よりもずっと雄大で神聖さすら感じる。

流れる車窓の景色がなんだか懐かしく思えるのは、少しずつ昔の記憶が蘇《よみがえ》っているからだ。

大きなカーブを曲がったあと、その先に見えてくる長く続く白い砂浜。

「ここ、なんとなく覚えがある」

「別荘に来た時はいつもそこで海水浴していたわよ。陽奈美が小学生くらいまでだったかな」

例年大勢の海水浴客が訪れる場所らしい。

あちこちにカラフルなパラソルが立ち、大人も子どもも浮き輪を抱えてはしゃいでいる。

「今日はここで花火大会がありますよ」

最寄り駅から送迎してくれているタクシー運転手は、ふたりに地元ならではの貴重な情報をくれる。

「あら、そうなんですか？　前に来た時もちょうど花火大会の日に当たった時があったわね。今日はなんだかいいことがありそうね」

花火大会と聞いて、陽奈美は強く思い出した記憶があった。

あれは、夏の夜のバルコニーだ。

涼しい夜風に吹かれながら、打ち上がる大きな花火を見た。

間近で花開いた絢爛《けんらん》な火花に、とても感動したのを覚えている。

「たしかあの日に高成家とお食事したのよね。リビングからでも案外近くに見えて」

そうだ。思い出した。

陽奈美が花火を一緒に見たのは、家族とではなかった。

しかも、あの日夜空を見上げたバルコニーは三条家の別荘でもなくて、隣に腰掛けていたのは――

「あ、運転手さん、そこの脇道に入っていただけますか」

「承知しました」

暗がりの中に思い出そうとした人物の姿は、朱美の声でかき消えた。

彼女の指示通り、タクシーは両側を木々に囲まれた丘の方へ上っていく。

「久しぶりね、本当に」

目を細めて外の景色に思いを馳せる朱美は、父との思い出を回顧しているのだろう。

陽奈美も忘れていただけで、林道の緩やかな坂と大きなカーブはよく知っている景色だった。

開けた場所に出ると、そこには大きな一軒家がある。

自宅ほどまではないけれど、コンクリート造りの建物だ。

自然溢れる景観の中に、圧倒的な違和感でそびえ立つ二階建て。

きちんと管理会社に任せていただけに、磨き上げられた大きなガラス窓が午後の陽光を跳ね返し今も現役の風格を漂わせている。

「懐かしい」

潮風の匂いを感じながら降り立った陽奈美は、別荘を見上げ思わず零《こぼ》した。

「思い出してくれた？　あっ、すみません」

誇らしげに言う朱美は、運転手が下ろすスーツケースを慌てて引き取る。

一泊二日のふたり分の荷物は、前来た時よりもぐっと少なく感じた。

タクシーを見送ってから、十四年ぶりの別荘へ足を踏み入れる。

中は適温に保たれ、真夏の熱気を感じさせなかった。

真っ白の壁に囲まれた広い玄関ロビー。

二階まで高く取られたガラスの明かり取りから、差し込む陽射しで満たされる。

それまで気丈に振舞っていた朱美は、吹き抜けの玄関で震える深呼吸をした。

「ただいま」

ぽつりと呟き、鼻をすする音が小さく響く。

父との思い出が蘇《よみがえ》ったのだろう。

そして、もう三人で来ることはできない場所に、切ない気持ちが溢れたのだ。

陽奈美も父と来た時のことを思い出した。

記憶の中の父は、家族三人分の大荷物を一手に引き受けてくれていた。

今回は一泊だけれど、あのときは何泊かしたんだろう。

しばらくの休暇に綻《ほころ》ぶ父の笑顔が見えた気がして、胸がきゅっと締め付けられた。

「綺麗にしてもらっていてありがたいわね。お風呂もキッチンもすぐに使えるそうよ」

ボアのルームシューズに履き替え、大理石の床によく映えるアイアンのスケルトン階段で二階に荷物を運ぶ。

二階の廊下は壁一面がガラスになっていて、照明はなくても外の明るさが十分行き届く。

覚えている。

陽奈美が使う部屋は、すぐ左手の扉だ。

最奥の部屋を両親が使っていた。

その手前を左に行くと、バルコニーがある。

一旦荷物を部屋の前に置き、記憶を辿るようにそちらへ行ってみた。

解錠した扉を押し開けたその先は殺風景なコンクリート造りで、柵の向こうに煌めく海が見える。

覚えこそあるけれど、花火を見たあの場所ではない。

やはりここではなかった。

朱美が言っていたように、あれは高成家の別荘だったのだ。

不意に脳裏を過る賢正の不機嫌な顔。

何も悪いことはしていないはずなのに、なんだか気が引ける。

あの顔を見たからか、朱美はあの見合い未遂から彼の話題を出すことはなかった。

あとは陽奈美が会社で彼を上手くかわしていけば、事件のほとぼりはいつか冷めるだろう。

荷物を部屋へ置いてリビングへ降りると、朱美は誰かと連絡を取っていた。

「先ほど着いたばかりで。ええ、そうらしいですね。今回もだなんて、やっぱりご縁があるんです
ねえ。はい、こちらはいつでも」

彼女の友人関係はほとんどわからない。

仲良さげに話している朱美を横目に、少しだけ持ってきた食料品を冷蔵庫に入れておく。

食パンにハムとチーズ。

サラダ用のトマトと葉物の野菜という朝食分だけの買い出しを疑問に思った。

夕飯はどうするのかと尋ねた時、朱美は一瞬目を泳がせた。

彼女が隠し事があまり得意ではないのは陽奈美もわかっている。

どこからかシェフを呼ぶつもりで、その贅沢を陽奈美に怒られると思ったのか。

十四年ぶりの別荘なのだから、少しは奮発しても何も言わないつもりだったが、予想は見事に裏切られた。

「それでは、またのちほど」

冷蔵庫の扉を閉じたのと同時に聞こえた、のちほど。

電話の相手とこの後会うつもりなのか。

ああ、そういうことか、と陽奈美は肩を落とす。

誰かここへ来るのか、はたまた彼女が相手方に向かうのか。

まさか男ではないだろうかと、勝手な予想に胸がわずかに軋む。

せめて父との思い出が詰まったこの場所では、母娘だけの時間を過ごしたかった。

「誰か、来るの？」

悲しみを押し殺し、作りきれているかわからない笑顔で問う。

すると朱美は、待ってましたと言わんばかりに顔を華やがせた。

「十七時くらいになったら、瀧さんが来て下さるわ」

名前を出した朱美は、ほんのり頬を染める。

「た、瀧さん⁉ 何で⁉」

想定外の名前に、陽奈美の大声がリビングを震わせる。

あの日自宅まで送り届けてくれた瀧との関係が、まさか進展していたのか。

眩暈《めまい》がするような衝撃に、開いた口が塞がらない。

朱美は飄々《ひょうひょう》と、さらに驚くべきことを言い出した。

「実はあちらの別荘にお呼ばれしているの。夕飯はそちらでご馳走になろうかなって」

瀧との関係は当然反対すべきではない。母親の第二の人生のパートナーが誰であれ、受け入れる覚悟をしなければいけないと薄々は思っていた。

だが、陽奈美が今一番に危惧《きぐ》するのは、別に想定されることだった。

「待っ、て……あちらってまさかとは思うけど……」

「高成さんのお宅よ。あちらも休暇で、たまたまこっちにいらしてるんですって」

既視感のあるやり取りだ。

「賢正さんもいらしてるらしいから、お話しさせていただけるチャンスよ。先日の誤解も解かなくちゃ」

これは、偶然などではない。

彼女は最初から目論んでいたのだ。

賢正の態度を見て以来、ぱったり何も言わなくなったから油断していた。

朱美もきっと、諦めたと思っていたのに。

彼女の中では、現在進行形で賢正との見合い話は続いていたのだ。

「誤解ってなんの誤解よ。見たでしょ？　あの人めちゃくちゃ怒ってたじゃない。会社でも睨まれちゃうし、気まずいどころの話じゃないんだから」

「照れてるだけよ、きっと」

リアルに口をあんぐりと開けてしまった。

楽観的すぎる。

どこをどう取ったら、あれが照れだと思うのだろう。

明らかな嫌悪を向けられたのに、どんな顔で会えるというのか。

「とにかく、私は無理。行くならひとりで行って」

「じゃあ夕飯はどうするのよ」

「何かデリバリーでも頼むからいい」

「でももうふたりで行くって伝えちゃったから。お食事も用意してくださっていると思うし、お断りする方が逆に失礼よー」

余計なことをしないでもらいたい。

こっちは身バレしているのだ。

滅多にないことだとしても、会社で顔を合わせる身にもなってほしい。

業務以外の部分であんな風に個人的な感情を向けられると、周りになんと思われるか分からない。

好意的ではない彼の態度を見て、やれ迫っただの振られただのと噂になる可能性は十分にあるわけで、そのうち会社で肩身が狭くなるのは想像に難《かた》くない。

余程の理由がない限り、ドタキャンの印象が良くなることはまずない。失礼極まりない人間としてのレッテルを首から下げておくか、気まずいだけの存在であるべきかを天秤にかけた。

どちらであってもプラスの要素はなくて、せめてマイナス値の軽度な方にしたかった。

「副社長も振り回されて迷惑なはずだよ。そっちの方が申し訳ないよ。今回はあちらのお顔を立てて行ってもいいけど、本当にもう余計なことしないで、お願いだから」

「余計なことって何よー。ただお食事しましょうって言ってるだけなのに」

つくづくあざとい人だと思う。

持ち前の愛嬌で、悪さをしてもお茶目に見えるからタチが悪い。

溜め息を吐いて頭を抱える。

できる限り賢正との関わりは避けようと決めたばかりだったのに。

彼にとっても迷惑な話だろう。

どうせ顔を合わせるのなら、せめて母の勝手な行動を娘として詫びておこう。

立っているだけで威圧を感じる彼の姿を想像しただけで体が震える。

彼は地位のある人間だ。ひたすら謝罪の態度を示せば事態は次第に落ち着くはずだ。

今後ひとりで生きていく人生のためにも、ここが踏ん張り時だ。

（なんでこんなことに……）

なんだか力の入れどころが違うような気がしながらも、穏やかな日常を過ごせるよう、抱えた頭にその算段をシミュレーションした。

＊

十七時にもなるのに、陽射しはまだまだ激しく照り付けている。

外に出ると、熱を持った空気に囲まれすぐに汗が滲《にじ》んだ。

「お待たせいたしました」

別荘前の駐車スペースに待っていたのは、以前朱美を送り届けてくれたあの黒い車だった。

瀧は、カジュアルなブルーのシャツに薄手のジャケットを羽織り、スラリとした白いパンツで爽やかなオフのスタイルで現れた。

普段のかっちりとしたスーツ姿もかなり二枚目な雰囲気だが、プライベートの彼も母娘で頬を染めるくらいには決まっている。

イケメンのギャップはズルい。

「お荷物お預かりいたします」

「あ、ありがとうございます」

朱美は緊張した様子で、瀧に小ぶりのクーラーボックスを預けた。

中身は彼女お手製のグレープフルーツのジュレだ。

別荘へ到着してから、約束の時間までに見事に仕上げた。

料理教室に通っていただけあり、腕前はそれなりにある。

瀧は陽奈美への気遣いも抜かりなく、後部座席のドアを開いて乗車を促した。

会社は全社的に休みのはずだが、秘書課の瀧は仕事さながらに振る舞う。

エアコンの効いた車に乗り込み、陽奈美と同じことを考えていたらしい朱美が彼に声をかけた。

「瀧さん、夏休みもお仕事されていて、大変ですね」

「いえ、仕事ではありませんよ。高成様ご一家は、私を家族のように扱ってくださるので、私にとっても今日は休暇ですから」

忠誠心が強いのか、本当に家族のようなものなのか、陽奈美達の送迎を苦とは思わないらしい。

「でもわざわざお迎えに来ていただいて……申し訳ありません」

「送迎は私が申し出たことですから、お気遣いなく」

瀧はバックミラー越しに、一瞬ちらりと後部座席を見て目を細める。

陽奈美とは目は合わず、「ありがとうございます」と上擦った声で御礼を言う朱美の様子を、彼は気にしていたような気がした。

近所とはいえ、別荘同士は歩くには少し距離がある。

車なのでほんの数分で到着し、じわじわ迫り来る緊張が陽奈美の背筋を伸ばさせた。

丘の上に建つ高成家の別荘は、三条家のそれよりうんと豪奢《ごうしゃ》だった。

二階建ての建物がL字に庭を囲み、鮮やかなオレンジの洋瓦が真っ白の外観に映える。

壁を大きく切り取った全面のガラス窓からは中の吹き抜けのリビングの様子がはっきりと窺《うかが》え、プライベートを守られた立地ならではの造りだ。

駐車スペースから玄関まで、芝生に埋まる石畳が規則正しくずらりと列を成す。

車から降りて振り返った先の水平線は、まさしく独り占め状態。

先導する瀧に続いて進む右手には、森を背景に大きなプールが水面を煌めかせていた。

人が集うための空間が造られているとわかる。

陽奈美達が招待されたように、高成家の人々はとても社交が好きなのだろう。

一部例外も居そうな気はするけれど。

「お連れしました」

インターホンを鳴らした瀧。

背の高い玄関は、南国を思わせるアースカラーの観音開きでとてもハイセンスだ。

「はぁい」と聞き覚えのある声が返答した。

楽しげな声音に、叶恵が陽奈美達の来訪を待ちかねていたことが分かって少し気が楽になる。

しかし、ここに居るのはもちろん彼女だけではない。

緊張の糸がピンと張っていて、触れるだけで卒倒しそうだ。

現れた叶恵は、モスグリーンのノースリーブワンピースで、およそ五十代とは思えない若々しさだ。

「お招きいただきありがとうございます。こちらお食事の後にでも」

「あらあら、お気遣いいいただいてありがとうございます」

瀧が持つクーラーボックスを掌で示す朱美の傍らで、陽奈美は丁寧に頭を下げて挨拶をする。

「お久しぶりです。先日はお時間をいただきましてありがとうございました」

「いいえ、こちらこそ。ごめんなさいね、息子があんな態度を取っちゃって。でもよかったわ、陽奈美さんもいらしてくれて。ささ、入って」

高成家の別荘は、格段に広かった。

玄関からリビングにかけて吹き抜けが続き、L字に造られたリビングの奥には絶景のオーシャンビューが広がっていた。

リゾート開発を行っている会社を創業しただけのことはある、デザイン性の高い建物だ。

通されたリビングのソファにしずと腰かけると、二階の方から声が掛けられた。

「三条さん、ご無沙汰しています」

母娘ともにリビング階段を振り返る。

二階から降りてきたのは、会社でもそうそう見ることはないグローイングリゾートの現社長。

賢正の父・正清《まさきよ》だ。

賢正によく似たすらりとした躯体と、年を重ねた威厳により圧倒的な存在感を放っている。

休暇中のプライベートな時間とはいえ、自身が勤める会社の社長が現れたのだから、緊張しないわけがない。

陽奈美は朱美とともに立ち上がり、深々と頭を下げる。

歩み寄る気配に固まりながらも、優しく声を掛ける正清に姿勢を正した。

「そんなにかしこまらなくても構いませんよ。陽奈美さんは、うちの会社の社員だとか」

「はい、広報部に所属しています」

「聞いたよ、先日はすまないことをしたね。愚息が不躾《ぶしつけ》な態度を取ったようで」

「とんでもございません」

本当に不躾《ぶしつけ》だったとは、口が裂けても言えない。

けれど、考えてみれば賢正も母親たちに振り回されたのだから同情する。

忘れていたわけではないが、その彼も今ここにいるのだ。

会社で受けたあの強い眼差しと嫌悪を思い出し、身震いする。

怯える陽奈美に構わず、正清は賢正がどこにいるのかと叶恵に問う。

(私としては急いで呼ばなくても大丈夫なのですが)

彼がいるとわかっていて来たのは陽奈美だが、本当はなるべく顔を合わせたくなかった。

しかし心の訴えも虚しく、足音が階上から聞こえてきた。

そちらを振り向けず、迫る気配に身構える。

「こんにちは」

聞こえたのは、明らかな余所行き用の低音。

陽奈美の知る限りこんなに落ち着いた雰囲気は、会社の総会か、もしくは先日の取材の最中くらいにしか聞いたことがない。

「こんにちは、賢正さん。先日はお忙しい中大変失礼いたしました」

朱美に倣《なら》い、陽奈美もそそと頭を下げる。

極自然に、目を合わさないように。

「いえ、失礼を働いたのは僕の方です。お忙しいのは三条さんも同じだったはずなのに、こちらの都合ばかりを押し付けて、大変申し訳ございませんでした」

朱美の向こうで、賢正が粛々と頭を下げる。

あの苛立った様子を微塵も感じさせない低姿勢だ。

こんなしおらしい言い方もできるのだと、拍子抜けする。

「さあさあ、立ち話してないで、お茶を淹《い》れましたから」

着席を促す叶恵は、人数分のグラスをトレーに載せてくる。

再び腰を下ろすタイミングで、先に座った朱美の向こうにいる賢正とふと目が合った。

見るつもりなんて全くなかったのに、つい目を見開いてしまった。

すると、今まで穏やかに話していた賢正の目元が、わずかにひくついたのを陽奈美は見逃さなかった。

流れるようにすっと目を逸らしたけれど、陽奈美に対する明らかな嫌厭《けんえん》が見えて唖然とする。

さっきの謝罪は何だったのか。

彼の視界から追い出された陽奈美は、思い切り口端を歪めた。

「陽奈美さんも、粗茶ですがどうぞ」

叶恵の声かけにはっとして姿勢を正すが、素知らぬ顔で対面に着席する賢正に沸々と反発心が湧く。

そこまで毛嫌いされるようなことはしていないはずだ。

彼が不快に思っているのが広報での一件とお見合いについてなら、不可抗力だ。

大企業を担う人間が、そこを一緒くたにするのだとしたら、がっかりだ。

賢正は仕事には一切の妥協を許さず、実質的な会社のトップは社長の正清ではなく彼であると誰もが認知している。

それがどうだ。

彼のパーソナルな一面を見ると、なんとも感情的な人間ではないか。

しかもこちらに非があるわけではないのに、だ。

そちらがその態度なら、陽奈美も相応の対応をさせてもらう。

そもそも家族同士が仲良くしているとはいえ、婚姻関係に発展させる必要はないのだから、副社長と一社員の一線を越えることはないのだ。

当たり障りなく、今日を乗り切るだけで、明日からも平穏な日々を過ごせる。

朱美と叶恵の体面は守られたのだから、陽奈美がこれ以上気を遣うこともないだろう。

(副社長とは、会社で会うことはほとんどないんだから)

陽奈美の存在を不快に思うかもしれないが、それをいちいち気にするのは精神衛生上良くない。

賢正が視線を逸らしたように、陽奈美も素知らぬ顔で出された冷茶を啜る。

夕食が済んだら先に別荘に戻ろうと考えながら、圧倒的な存在感を放つ賢正の気配を意識の外へと追いやった。

＊

二階までの吹き抜けのリビングは、一面のガラスの向こうに黄金色に煌めくサンセットを臨む。

程なくして太陽は沈み、夜がやってくる。

暗幕を引き始める空の下、持て余すほどの大きなダイニングテーブルで、高成家と三条家は向かい合って談笑していた。

過去の思い出話に花を咲かせながら、高成家が用意したシェフのバーベキュー料理に舌鼓《したつづみ》を打つ。

ローストビーフにヒレステーキ、大きな貝がら付きのホタテとお頭づくりの伊勢海老。

高級レストランで食べるものに引けを取らない豪華な料理が次々と運ばれ、テーブルを埋め尽くした。

遠慮しなくていいという正清の言葉に甘え、陽奈美もサーモンのカルパッチョをオーダーする。

形ばかりの資産家の三条家では、近年自宅にシェフを招くことはなかった。

父が健在の時には、年に数度ほど誕生日などの記念の日には呼ぶこともあったのだが、やはり母娘ふたりの生活では派手な振る舞いは自然となくなっていた。

高成家ではこういったことは日常なのだろう。

正清に話しかけられたときにだけ口を開く賢正は、慣れた口ぶりでシェフにオーダーし、テーブルの端で静かにワインを呷《あお》っていた。

「ふたりの好みを詰め込んだ別荘だったので、なかなか決心がつかなくて。再訪するまでこんなに時間がかかっちゃいました」

お酒が入り頬を染めながらも、物憂げな瞬間を垣間見せる母の横顔。

あまり母の本心を聞いたことがなかったが、叶恵にであれば心を晒《さら》せるのだろう。

母娘ふたりきりで生きて来たけれど、明るく振舞うのは陽奈美のためだったのだと気づく。

何度だって思う。ここに父がいてくれたら、きっともっと楽しかったに違いない。

どんなに嘆いても現実は変わらないとわかっている。

もちろん朱美もそれは承知していて、その痛みと向き合うために今日はここへ足を運んだのだ。

「これからはいつでも予定を合わせて来ましょうよ。きっと楽しいわ」

そんな決意に賛同してくれているのか、叶恵は朱美に明るく接してくれる。

彼女に再会できてよかったと、嬉しそうな朱美の横顔を見て微笑ましく感じた。

「陽奈美さんもぜひご一緒に」

「ありがとうございます」

ここで、賢正がいないときに、などという空気を読まない発言はしない。

向かい側でグラスを呷《あお》る彼の姿が視界の端に映る。

圧倒的な気配に、せっかくの料理の味がしたりしなかったり。

緊張を誤魔化そうと口をつけているシャンパンはフルーティーで、ジュース感覚で飲み干した。

（高そうなシャンパンなのに、贅沢してるな……）

「陽奈美さん、そのシャンパン気に入られました？」

叶恵がおかわりを頼む陽奈美に気づいた。

「はい、お酒には詳しくないんですが、とても飲みやすくて美味しいです」

「懇意にしているシャンパーニュの農家さんが作られているものなの。地元でしか販売されてないから、日本にはないものなんですよ」

「えっ、そんな貴重なものをいただいてよかったんですか？」

「いいのよ、たくさん買い付けてきたから。よかったら、一本お土産にお持ち帰りになって？」

「そんな、私には贅沢すぎます」

「そんなことないわ。瀧さん、一本包んでおいてくださいますか？」

まるでギャルソンのように動き回っていた瀧が、陽奈美にシャンパンを注ぎながら「承知いたしました」と答えた。

すみません、と恐縮しながら、頬の火照《ほて》りを自覚する。

もう一口飲んだシャンパンはやっぱり美味しくて、癖になりそうだ。

「十四年前も十分素敵なお嬢さんだったけれど、さらに磨きがかかって美しくなられましたね」

正清が上機嫌に陽奈美を褒める。

「とんでもありません」

「しかも謙虚と来たものだ。お父上の人柄の良さをしっかり受け継いでいらっしゃる。真面目な彼のように勤勉だし、なかなかこんな素敵な令嬢は見掛けないよ」

「そんな大そうなものではありません。料理もお茶もお花もできないですし、何か飛び抜けているわけでもない普通のＯＬです」

「君のご家庭であればわざわざ働くこともなかっただろうに。どうして就職を？」

「あなた、そんな面接みたいなこと聞かなくてもいいじゃない」

叶恵が正清を止めるが、酒のおかげか堅苦しい感じはせず、素直に答えられる。

「いえ、構いません。入社面接に立ち会ってくださったのは人事の方でしたので、社長にこういったお話をさせていただく機会はありがたいです」

自立して生きていくと決めるまでも不安はあった。

けれどそれは誰しも同じことで、自分を養ってくれる親はいつまでも健在ではないし、家の資産だけで生きていける人なんて数える程だ。

就職活動をしていたあの頃のがむしゃらな思いが蘇《よみがえ》った。

今だって、日々精進しながら業務に取り組んでいる。

「母も、私が大学を卒業したら、名家のご子息と結婚させるつもりでいたようですが、私は社会に出て働きたいと思ったんです。もちろん実家を守っていくことも大切な義務だと思っています。ですが、家の名前に囚われない、自分の価値を社会の中で見てみたかったんです。結婚も幸せの形としては選択肢の一つでしたが、自分の力だけでどれだけ立っていられるか、そういうことを一度経験しておきたかったんです」

本当は生涯独り身を貫こうと思っているなどとは言わない。

共感されないことはわかっているからだ。

「そんな中でグローイングリゾートの【歴史と未来、人々の幸せを守り育てる】という企業理念は心に響きました。もちろん他の企業様にも面接の機会をいただきましたけれど、活気のある社風となにより社員の方々が活き活きと働いていらっしゃるのを目の当たりにして、ここで働きたいと強く思いました」

正清に話しているのに、テーブルの端の方から強い視線を感じる。

何も恥ずかしいことは口にしていないが、賢正から送られる視線には怯えてしまう。

やはり、先日の一件でトラウマレベルの恐怖心が染み付いてしまっているようだ。

「これだけ芯のしっかりしたお嬢さんはなかなかお見掛けしないよ。陽奈美さんさえよければ、うちの愚息を支えるパートナーになってくれたら、こんなに心強いことはない」

急に出てきた賢正の話に、ぎょっとして思わず顔を向けてしまう。

同じように驚いた様子の賢正とばっちり目が合うなり、ともにぱっと視線を外した。

(結婚を断固拒否した副社長のパートナー⁉　今トラウマを確信したばかりなのに、毎日怯えて暮らすなんて、そんな人生は嫌ぁ)

親たちの前で嫌な顔などできるわけもなく、にこにこと笑顔を作り、シャンパンで喉を潤わせる。緊張とトラウマを誤魔化す自棄酒だ。

別に自分を売りこもうとしたわけではないのに、不覚にも好印象を与えてしまった。

だけど、自分の選んだ道を嘘でも貶したくなかったし、間違いはなかったと思っている。これからもその気持ちは変わらない。

それに、いくら親たちが画策したところで、結婚を考えていない者同士が結ばれることはないだろう。

互いに格式にこだわる家系でなかったことは救いだ。

この夏、この一夜を乗り越えさえすれば、陽奈美の思い描く平穏は無事に取り戻せるはずだ。

親たちのお気楽な未来予想図は、贅沢なもてなしの対価と思えばいい。

酒の席での話だと割り切って、今しがた肉塊から切り出された生ハムのサラダに手を伸ばした。

＊

お腹が脹《ふく》れたあと、各々寛《くつろ》ぎの時間にシフトした頃、陽奈美はトレーに載せたグレープフルーツのジュレを慎重に二階へ運んでいた。

なぜ陽奈美にこの役を任せたのか、母親たちの思惑は簡単に見透かせた。

（食事もそうだけど、そうまでして仲を取り持ちたいなんて……）

階段を上がった誰の目も届かないところで、ふっと溜め息を吐く。

リビングから姿を消した賢正へ、食後のデザートを渡すという任務が課せられてしまった。

彼からはいい感情を向けられていないのは明らかだ。

親に乗せられたとはいえ、のこのこと見合いの席についていた陽奈美を、腰掛けで働いている仕事のできない女だと認識しているだろう。

こんなご機嫌取りのようなことをしても、その印象が変わるとは思えない。

現に、食事の間一度目があったきり、一言も言葉を交わすことはなかった。

バルコニーに続く廊下を進む足取りが重い。

彼がそこに居るというのは叶恵からの情報だ。

点灯した照明が、突き当たりのガラス扉に陽奈美の姿を映す。

そこから外へ漏れる明かりで、奥にいる彼には誰かしらが来ていることはバレているはずだ。

陽奈美が行ってもあまりいい顔はしないだろう。

これだけ渡して、長居しないのが賢明だ。

母たちには申し訳ないが、彼との関係を進展させるつもりはない。

それでも面と向かって賢正と対峙するには、それなりの覚悟がいる。

念のためにガラス戸をノックする。

向こうからの返事はないが、一度大きく息を吸ってから扉を押し開いた。

「お疲れ様です」

室内とは違い、ぬるい空気が滲《にじ》む汗を撫でる。

しかし昼間とは打って変わって爽やかな夜風に幾分涼しさを感じた。ローテーブルに一つだけ置かれたキャンドルの灯りが、暗がりの中で夜風に揺れる。

二つ置かれた大ぶりのラタンチェアの片方に深く腰掛けた賢正。

「ああ、君か」

月明りにようやく見える彼の影が、顔だけ振り向いて来訪者を確かめた。

歓迎する様子のない声の低さに怖気づくも、「失礼します」と副社長室にでも入るかのごとくバルコニーに置かれたサンダルに足を通した。

「シェフがいらしているのに、母が作ったもので申し訳ありません」

キャンドルを頼りに賢正のそばに歩み寄り、膝をついてテーブルにガラスの器に盛られたジュレを置く。

静かな空間に、カチャ、と鳴る音が溶けた。

「お口に合えばいいですが」

「ありがとう」

椅子から背中を離した彼の言葉に、はたと顔を上げた。

目を合わさないようにしていたのに、間もなく夜に慣れた視界が賢正の表情を捉える。

笑っているわけではないものの、その声の柔らかさに陽奈美が思っていたような悪感情は窺《うかが》えず、素直に驚いた。

感謝の言葉をもらえるとは思ってもみなかった。

しかも、ちゃんと感情の乗った声だ。

「なんだ」

「えっ」

穏やかな雰囲気を感じていたのに、賢正はにわかに眉をひそめる。

凝視していたと気づき、慌てて俯《うつむ》いた。

「す、すみません。それでは……」

「君の分はないのか」

さっさと立ち去ろうという計画に基づき腰を上げようとして、思いがけず中腰のまま固まった。

「えっと……」

「持ってきたのはこれ一つだけか？」

「はい、あの、私はさっき先にいただいて」

「そうか」

若干トーンの下がる声。

悪いことをしたつもりはないのに、整った横顔がしゅんとしたように見えた。

普段の姿からは想像もつかないしおらしい様子に、なんだか調子が狂う。

陽奈美がいない場所でゆっくりしたくて、ひとりバルコニーに来たのではなかったのか。

（まさか、一緒に食べたかったとか？）

いや、それはないだろう。

賢正はいただきます、と律儀に呟いてからジュレを頬張る。

デザートを食する姿が珍しくて見入ってしまい、場を離れるタイミングを失くした。

「うん、旨い」

仕事の鬼でも、ちゃんと常人と同じ感覚も持ち合わせているらしい。

当たり前のことなのに、妙に感心してしまう。

同じ〝人〟なのだとわかり、親近感が湧いた。

「これは、母の得意料理なんです。父が好きだったので、何度も作っていて」

初めて中身のある話を口にする。

彼にとってはどうでもいいかもしれないが、母の手製のデザートを褒められて浮かれてしまった。

「そうなのか」

ジュレを掬《すく》うスプーンを見つめ、物憂げに呟く。

「君の父上と、話をしてみたかった」

身内に悪いイメージを持っていないことがわかって、気恥ずかしくも嬉しい。

彼は自分を毛嫌いしていると思っていたけれど、家族を一括りにする人ではないようだ。

「使用人ではないんだから、跪《ひざまず》いてないでこっちに座ったらどうだ」

「え？」

さらに同席を促され、何度も瞬きをしてしまう。

「酒が飲めるなら、一杯付き合わないか。グラスを持ってこよう」

ジュレを平らげ、陽奈美の返事を聞かずに腰を上げる賢正は、隣の席を差し示した。

「あの、でも……」

戸惑うに決まっている。

さっきまで、自分はこの男に嫌われていると思っていたのだから。

これまでの彼の態度がそうだったのはたしかだ。

「強制はしない。けれど、もうじき花火が始まる。この特等席を逃す手はないと思うぞ」

「花火……」

そうだ。今日は地元の花火大会がある。

十四年前の今日も、陽奈美はここで花火を見たのだ。

ずっと忘れていたのに、バルコニーを見た瞬間に何か既視感を覚えたのはそれだ。

「グラスを持ってくる」

もう一度念を押した賢正は、その間の着席を勧めているようだ。

バルコニーを出る背中を追って立ち上がる。

呼び止める隙がなかったと自分に言い訳するのは、今夜の花火を密かに楽しみにしていたからだ。

(この場所からは、花火を独占している気分になれるんだったっけ)

バルコニーの柵の向こうには、月明りをちらちらとちりばめる海と、水平線との境目をなくした夜空が見える。

手前にある砂浜では、見物客が席を取って待っているに違いない。

けれど、このバルコニーの眺望に人は見えず、本当に自分たちしかいないように感じられる。

特等席にわくわくする気持ちに素直に従い、賢正に勧められた椅子に腰かけた。

若干抵抗はあったものの、見上げた月の綺麗さに緊張が弛《ゆる》む。

おぼろげながらも見知っている情景は、懐古を誘った。

あの日も、賢正にデザートを運んだ覚えがある。

そして、今と同じように同席を勧められた。

中学二年生だった陽奈美にとって、高校生の賢正はひどく大人に見えた。

隣に座ることに緊張したけれど、やはりまだ十四歳の少女だった。

花火が始まると、見惚れて歓声を上げた。

思い出すきっかけがなかっただけで、案外覚えているものだ。

「まさか、君と一緒に酒を飲む時が来るとは、あの日は少しも考えなかったな」

思い出に浸っていると、戻ってきた賢正の気配に気づくのが遅くなって、慌てて深く座っていた姿勢を直した。

「リラックスしてくれ。といっても、俺は君の上司だから難しいか」

く、と口の端で笑う賢正の新鮮な表情に、鼓動が小さく乱れた。

そう言いながら、賢正は陽奈美の隣に腰を下ろした。

二つ並んだラタンチェアは、ふたりの距離の近さを感じさせる。

思っていたよりもずっと近くに感じる存在に、心臓がきゅっと縮まった。

陽奈美の緊張を知らない賢正は、グラスをテーブルに二つ並べ、身を乗り出してガラスのシャンパンクーラーからボトルを取り上げる。

キュポン、と小気味よい音がしたあと、爽やかな音でシャンパンが注がれた。

「申し訳ありません」

「何を謝ることがある？」

「副社長にお酌していただくなんて」

そう言いつつも、言葉に甘えて座って待っているのだが。

「遠慮することはない。ここは会社じゃないんだ。休暇の最中なんだから、上も下もないだろう」

差し出されたグラスを陽奈美が受け取ると、自分の方を軽く掲げた賢正はシャンパンに口をつけた。

「いただきます」

陽奈美も遠慮がちに一口含む。

軽い炭酸は緊張に乾いていた喉を潤してくれて、少し強めのアルコールが胸元を火照《ほて》らせた。

「謝るのなら、俺の方だ。先日はすまなかった。君も母親たちに無理やり乗せられたんだろう？」

一瞬何のことかわからず、グラスを手にしたまま首を傾げる。

「あの時期はいろいろ厄介ごとが続いていて、気持ちに余裕がなかった。それを何も知らない君にぶつけてしまって、とても失礼なことをしたと思っている。本当にすまなかった」

失礼なこと、とは見合いの件だ。

しかしそれを賢正が詫びるとは思ってもみず、意外すぎる状況に狼狽える。

「違います、副社長が謝る必要はありません」

陽奈美だって、見合いは断ろうと考えていた。

その気がないのなら、彼の貴重な時間を割く前に断るべきだった。

「申し訳ありません。母が勝手に盛り上がってしまって。副社長がお忙しいのは重々承知していたはずだったのに、私も配慮すべきでした」

「忙しいのはお互い様だろう。せっかくの休日を不快な気持ちにさせたはずだ。あとになって、失礼なことをしたと反省した」

「いえ、そんなことはありません。私の方こそ……」

謝罪の応酬をどこで切ればいいのかわからなくなりかけたところで、静かだった夜の空に数発の発砲音が鳴り響いた。

花火大会開始の合図だ。

ふたりが見上げた空に、一筋の光が舞い上がる。

瞬間、腹の底に響くような音が、夜空で開く火花の大輪とともに弾けた。

「わ……」

思わず小さな歓声が零《こぼ》れた。

そして、続けざまにヒューという音が三つ上がり、小ぶりな花火が連続で広がる。

チリチリと音を立てながら火の粉を降らせる儚《はかな》さを打ち消すように、また次の花火が夜空を明るく照らした。

「すごい……」

「ああ」

一瞬たりとも瞬きを許さないような競演に、胸が高鳴るほどの感動を味わったのは、隣にいる彼も同じだったようだ。

直前の行き違った思いも吹き飛ぶほど。

不思議な感覚だ。

十四年の月日を経て、またあの日と同じように隣に並んで空を見上げている。

思い出される情景と今が重なった。

同年代の異性と関わったことなかった中学生の陽奈美には、彼の隣に座ることに相当な勇気が必要だった。

だけど、あの日も今日と同じように花火への期待が大きくて、その欲望に抗えなかったのだ。

「素敵……」

いくつもいくつも色とりどりに夜空で弾ける花火の美しさに、ひたすら感動を零《こぼ》す。

夏の暑さも気にならない。なんなら滲《にじ》む汗が夜風に撫ぜられ、涼しさすら感じていた。

夜空の芸術に見惚れている最中、隣の気配が動くのを感じ、不意にその存在を思い出す。

「陽奈美」

賢正の声が耳元で自分の名前をなぞった。

それをはっきりと理解する間もなく、打ち上がった花火の割れる音が思考を遮る。

綺麗な円形で散らばる火の粒が、ぱらぱらと闇に溶けていく。

その光景を見ていたはずなのに、温かさに包まれた頰が引き寄せられ、ゆっくりと視界に入ってきた賢正の顔。

キャンドルの炎に浮かぶ彼の表情は、花火ではなく陽奈美を慈しむように見つめ、そして、瞼を下ろしながら傾いた。

また大きな音が夜空を割る。

それと同時に、唇が柔らかなものに押さえられた。

花火が見えない代わりに、目を閉じた賢正が間近に映る。

もう一度、上がった花火が花開いたところで、瞼の隙間から陽奈美を見つめる瞳と視線がぶつかった。

唇に灯っていた柔らかさが遠のく。

頰を優しく擦られ、くすぐったさに肩を竦めた。

「いやなら……避けて」

花火の音に掻き消されそうなほどの囁き声。

いつものあの威圧に満ちた低い声とは程遠い。

微塵も嫌悪なんて感じなかった陽奈美は、唇から遠のいたあたたかさを恋しく思った。

キスをしたのだと、頭では理解した。
親密な関係を築いた男女が行うもののはずだ。
賢正とは恋人同士ではないし、そうなることを少しも考えていなかったのに。
人生で初めて知ったぬくもりの心地好さを、もう一度味わいたかった。
陽奈美が拒否をしないと受け取った賢正は、首の角度を変えて唇を近づける。
今度はその感覚だけに集中したくて、陽奈美も彼とともに目を閉じた。
たしかめるように、ゆっくりと押し当てられる唇。
そこだけに意識を向け、じわりと伝わってくる彼の熱を唇に馴染ませていく。
ささやかに鼓動が速まる。
恥ずかしいことをしているはずなのに、どういうわけか抵抗感がない。
お酒のせいだろうか。
むしろもっと彼を感じたいという衝動が熱を帯びる。
身を引こうとした彼の唇が惜しくて、求めるように自分から押し付けた。
たちまち熱に高ぶる唇が、彼の行為を焚きつける。
頬を包んでいた手が陽奈美の後頭部へ回り込み、抵抗を封じる。
それによって強く押し付けられた唇の間で、彼が舌を伸ばしてきた。
「あ……」
無理やりこじ開けられた口から、熱っぽい声が漏れる。

聞いたことのない自分の声に、一気に羞恥が立ち昇ってきた。

はっと我に返り、彼の胸を手のひらで力なく押し返す。

陽奈美の抵抗を封じたはずの賢正は、弱々しいそれに素直に従った。

「ごめん、嫌だったか」

あまりにも切ない声で問われて申し訳なく思うのに、恥ずかしさが勝って俯《うつむ》いた。

「いえ、あの……」

呟きは花火に紛れる。

嫌ではなかった。

むしろ、もっと触れていたいとすら思った。

恋人同士の行為のはずなのに、そう感じた自分がたまらなく恥ずかしい。

速まる鼓動に呼吸が苦しい。

こういうときにどうするのが正解なのかわからなくて何も言えなくなる。

「嫌ではなかった？」

陽奈美の心を暴く賢正の優しい声に、きゅんと胸が啼《な》いた。

「陽奈美」

彼の声がもう一度自分の名前をなぞり、鼓膜がくすぐったく震える。

隠れる場所なんてなくて、ただぎゅっと目を瞑《つむ》って羞恥に耐えるのが精いっぱい。

触れた彼の柔らかさは唇から消えることなく、加熱するばかり。

心が、初めて触れる男の熱にひどく戸惑った。

花火が立て続けに夜空に弾け、その音の大きさにびくりと身を固める。

怖がっているようにでも見えたのか、賢正はおもむろに陽奈美の背に手を回してそっと抱きしめる。

呼吸をする度、彼の懐の温かな匂いを吸い込む。

石鹸のそれに似た、心を落ち着かせる香りが肺を侵し、彼に内側から染められていくようだ。

「怖がらせてすまない。君が、……可愛くて」

ぎこちなく告げられる彼の心は、言い慣れていないことがわかる。

誰が見ても硬派で、女嫌いと噂されるくらいだ。

そう、彼は女嫌いのはずだったのに。

陽奈美に触れ、可愛いとまで言うとは、あの噂はなんだったのか。

たどたどしい物言いがいつもの彼を忘れさせ、逆に可愛さすら感じた。

彼がどんな表情をしているのか、好奇心がくすぐられてしずと上目遣いに見る。

時折花火の灯りに彩られる賢正は、瞳にその煌びやかさを宿し、不安げに陽奈美を見ていた。

見たことのない顔。

壊すまいと背中を包む優しい手。

誰がこんな表情をする人だと思うだろうか。

自分しか知らないんだろうと思うと、その不安を癒すのもまた自分の役目だと感じた。

彼との間にできたわずかな隙間で、彼の胸にしがみつく。

自分が何をしているのか客観視できているのに、体が心の赴くままに動く。

「少しも、怖くありません。むしろ……」

何を言おうとしたのか、わずかに羞恥心が湧いてきて口ごもった。

「むしろ……？」

賢正には、その先が予見できたのだろうか。

続きを言えないまま、彼に顎を掬《すく》われる。

息がかかるほどの距離。

期待を孕んだ瞳が、ゆらりと揺れる。

そしてまた、花火がふたりを囃《はや》すように打ち上がった。

ぐっと背中が引き寄せられた瞬間に、今一度ふたりの唇が重なった。

今度はじっくりと、お互いの形を埋め合わせるように。

再び触れることができた彼の柔らかさに、胸が締め付けられる。

息ができないほど苦しくなる。

それなのに、触れた唇は熱を持ってもっと彼を欲しがった。

キスの仕方なんて知らないはずなのに、求められるまま自分を差し出す。

彼が少し口を開けたのにならい陽奈美もまた唇に隙間を作ると、すかさず熱くたぎる舌が侵入してきた。

思わず目を見開く。

咥内で思いのままに陽奈美を暴こうとする賢正。

逃げる隙なんてなくて、囚われた途端に強くしごかれる。

「あ、ふぁ……っ」

息苦しさが増し、せめて酸素を取り込もうとした唇の隙間から、濡れた声が漏れた。

それが自分の発した音なのだと瞬時に理解し、たちまち羞恥が噴き出してくる。

自分の女の部分が如実に表れ、これまで知りえなかった自分に戸惑う。

そんな自分から目を逸らそうとした陽奈美に反して、賢正が強く肩を引き寄せた。

角度を変えて、さらに深くまで蹂躙《じゅうりん》される。

「んぅ……」

もう逃げることなんて許されない。

恐怖を感じてもおかしくないはずなのに、彼に求められることがうれしい。

どうしてなのか、自分でもわからない。

ちゅる、と音を立てて唇を吸われ、そこに触れたまま賢正が呟いた。

「陽奈美、遠い。もう少しこっちに」

ちっとも遠くなんてないのに、瞼の隙間から見た賢正が、切なく眉をひそめて陽奈美を求めている。

彼を慰めたくて、誘われるままに行動を起こす。

隣り合っていた椅子の距離すら遠くに感じるのなら、もっと近くに行かなければいけない。

陽奈美の手を取る賢正は、自分の元へ来るようにと誘導する。

彼がどうしてほしいのか、絡められた指の間から伝わってくる。

恥ずかしいことだとわかっているのに、そうすることが自然なような気がして、彼の前に立った。

「陽奈美」

彼の低い声には、きっと何かの仕掛けがあるに違いない。

呼ばれるたびに、心が引きつけられる。

そして、抗うことを考えさせない。

目の前に立った陽奈美の腰を引き寄せ、賢正は苦も無く膝の上に跨らせた。

「だめ、私重いです……」

「そんなことはない」

恥ずかしい体勢に多少の抵抗をするが、解放してもらえるはずがなかった。

「やっと、触れられる……」

膝の上の陽奈美を見上げ、火照《ほて》った溜め息を吐いた賢正の、うっとりとした表情がとんでもない色香を放出する。

「十四年前のあのとき、俺は君に触れようとした。触れたくてたまらなかったんだ……」

彼が見惚れているのが自分であることが信じられない。

十四年の時を経た彼の感情が、今陽奈美を見上げる眼差しに込められている。

熱を孕んだ瞳に見つめられ、胸の奥が焼き付きそうなほどのときめきに苦しくなった。

腰を抱いたまま陽奈美の首根に回される手に、優しく引き寄せられる。

そのまま彼に落ちるように、唇を受け入れた。

水っぽい音を立てて、味わうように何度もキスを繰り返す。

その間も花火は夜空を彩っていて、大きく割れる音がふたりの乱れる呼吸を隠した。

キスの合間に何度も目が合い、見つめられるとそれだけで心臓が鼓動を乱す。

陽奈美を抱く手が、さらに体を強く引き寄せる。

これ以上ないほど密着しているのに、まだ足りないとでも言いたげだ。

陽奈美の存在を確かめるように、彼の手が背すじをやわやわとなぞった。

くすぐったさの中に、ほのかな熱を感じる。

「は……ん」

じんわりとした熱に押し出されるように声が漏れた。

思いがけない自分の反応に驚いて、わずかに身を引く。

すると賢正は、キスをしていた唇で陽奈美の首筋に吸い付いた。

ちゅ、と音を立てたかと思うと、彼はするすると唇を滑らせ陽奈美の鎖骨をゆっくりと舐る。

「あ、っ」

くすぐったさとは違うものが、体を駆け降りていく。

敏感な神経がぞくぞくと震えて、彼の触れる場所に意識を集めていく。

椅子同士どころか、これだけ密着していても賢正はもっと自分との距離を詰めたがっている。

陽奈美だって、もういい大人だ。

経験はなくとも、彼が今どんな気持ちで陽奈美を抱きしめているのか、わからないほど初心《うぶ》ではない。

そして、陽奈美がそれを受け止めるかどうか、慎重に探られているのだ。

だけど早々に痺れを切らした彼の手は、陽奈美の胸元に昇ってきて柔らかな膨らみをやさしく包んだ。

あからさまに男の欲望を見せられ、びくりと肩が震える。

その反応に、賢正は子犬のように眉尻を下げて陽奈美を見上げた。

叱られないかどうか窺《うかが》っている。

普段の彼からは想像し得ない気弱な姿が、たまらなくかわいく思えた。

そんな風に思うなんて、本当にどうかしている。

それでも、言葉にできない、どうしようもなくもどかしい感情が湧いてきて、回ったアルコールを言い訳に、突き動かされるまま抱きしめ返した。

「陽奈美」

また抗えない声に名前を呼ばれて、腕の中の彼を覗き込む。

今度は大人の男の顔をした賢正が現れて、陽奈美に逃げ場のないキスをした。

強く押し当てられる唇が熱くて胸が震え、もう逃れられないと本能で悟る。

遠慮を捨てた賢正は、陽奈美のシャツをたくし上げ、露《あらわ》にしたレースの下着に手をかける。

さっきの子犬のような彼はカモフラージュだったのか。

彼はいまや、今にも陽奈美に食いつかんとする獰猛《どうもう》な猟犬に変わっている。

背中をなぞっていた指が器用にホックを解く。

あ、と思った時には、胸を覆っていた下着は、ただのレースになっていた。

賢正はその煩わしい飾りを押し上げ、形のいい張りのある胸に唇を寄せた。

秒針が進んだのかもわからない刹那の出来事。

誰にも触れさせたことのない乳房の先端に、悦に濡れた彼の口が無遠慮に吸い付いた。

「ひぅっ」

きゅうんと聞こえない音が体の中を駆け降りる刺激に、タイミングの合わなかった呼吸が悲鳴に変わる。

それでも構わず、賢正は口の中に含んだ陽奈美の先端を、舌でぬめぬめと転がしだした。

「あぅ、あっ」

腰を引かれた体は、得体の知れない胸の刺激から逃げ出せない。

彼の熱い咥内で、陽奈美の舌に施したように胸の先が激しく扱《しご》きあげられる。

押し寄せる波のような甘い痺れ。

強い刺激が一点に集約していき、初めて感じる女の快感にくらくらと眩暈《めまい》がした。

恋人同士でもないのに、こんなことをするのはおかしいと頭の隅では思いつつも、与えられる甘美な刺激に病みつきになる。

いたずらに吸い上げられ、ちゅぱ、と淫靡な音で乳房が乱暴に解放される。

「あんっ」

急に離された陽奈美の胸は柔らかく揺れる。

屹立《きつりつ》した先端がいやらしく濡らされていた。

恥ずかしくて目をあけていられない。

それなのに、与えられた刺激は甘く、悶える体が小さく震える。

「怖いか？」

すると、賢正が優しい声音で問うてくる。

震える陽奈美を案じてくれているのだ。

だけど、怖いわけではない。

だから、正直に首を横に振る。

それを見た賢正は、熱い吐息を柔らかな膨らみの間に吹きかける。

「んっ」

直接心を煽られたようで、過敏な体がぞくりと悶えた。

彼の唇が優しく肌の上を滑る。

さきほどとは反対の丘陵を駆け上がり、待ち構える頂を食《は》んだ。

「ああっ」

待ち望んでいた感覚が、腰を浮かせる。

けれど今度は、先に濡らされた方の先端を長い二本の指に挟まれた。

柔らかさを揉みしだきながら、きゅ、きゅ、と扱《しご》かれる乳首の甘い刺激。

対するもう片方の胸は、彼の熱い咥内で凌辱《りょうじょく》に濡れた。

「っ、あん」

どう見たって、こんな状況はおかしい。

上司である彼に体を晒《さら》し、初めての女の感覚に身悶えているなんて。

恥ずかしいと思っているのに、やめてほしくない。

そんな気持ちに、体は正直だ。

離さないでと言わんばかりに彼の頭を掻き抱き、自ら刺激を欲する。

それを察した彼は陽奈美の腰を強く引く。密着度を高めると、跨った部分に彼の猛った体の熱を伝えてきた。

瞬時にそれがどういう状況かを悟る。

彼の体が、陽奈美を求めている。

生々しい欲望をダイレクトに受け取った途端に強く揺すられ、陽奈美の女の部分が突き上げられた。それまでになかった直接的な快感が下肢の中心で火花を散らす。

「んあぁっ」

一際高い嬌声が、闇夜に舞う。

びくびく、と震え上がった体を、賢正は手放すことなくゆっくりと揺らし始めた。

猛る彼の熱い部分に宛がわれたショートパンツの中で、陽奈美の女が芽吹き始める。

自分の意思ではない行為が興奮を誘い、下着の奥が擦れて熱を持つ。

じわりじわりと与えられる下肢の痺れ。

理性を麻痺させられ酩酊に揺られながらも、胸の頂で甘い蜜を吸う賢正がいとおしく感じられた。

恋愛感情とは違う、心の底から込み上げてくる熱のような感覚。

それがはあはあと呼吸を乱し、楽になりたい体が浮き上がる。

「陽奈美……」

呼びかけられて見下ろすと、賢正が熱を持った瞳で見つめていて、そして震えるようなキスをした。

体の芯が熱を持ったまま、体がふっと軽くなる。

彼に抱きかかえられたのだと気づいたのは、冷房の効いた部屋のベッドに体を下ろされた時だ。

彼に与えられた熱が冷えてしまうのが惜しくて、ベッドに手をついて見下ろしてくる彼に腕を伸ばした。

瞬いた彼の瞳に、自分の影が揺らめくのを見る。

間接照明だけの暗がりの中。

ゆっくりと落とされるキスがたまらなく心地よかった。

冷やさずに済んだ体は、彼の指にまた熱を灯される。

着ているる意味がないパーカーとシャツは下着ごと剥ぎ取られ、露《あらわ》になった上半身に彼は熱い唇を押し当てた。

首筋に、鎖骨に、そしてしゃぶってほしいと言わんばかりにそそり立つ乳房の先端に。

「あ、んっ」

彼が触れるたびに、女の感性が花開いていく。

下から抱えられた両方の丘陵の頂は、吸われたり捏《こ》ねられたり、彼の意のままに弄《もてあそ》ばれる。

それでも嫌な感じはせず、求められることが快感を煽っているようだ。

「陽奈美、……陽奈美」

陽奈美が自分の手中にいることを確かめるように、賢正は何度も名前を繰り返す。

その甘えた声さえも、陽奈美の女を煽る。

彼を感じている陽奈美の輪郭をなぞり、賢正の手が下肢へ向かう。

一度甘い刺激を知った体は、身構えつつもその先への期待を膨らませる。

抵抗することなく、彼が望むままに体を明け渡す。

その意図を汲んだ彼は、火照《ほて》った溜め息を吐き優しいキスをしながら、陽奈美の女の部分に直に指を滑り込ませた。

茂みを掻き分けて彼が一直線に向かった先では、彼を待ち受けていた秘処がすでに蕾を濡らしていた。

「ふぁ、ぁん」

膨らみだした蕾に長い指が触れ、下肢の真ん中で悦が弾ける。

先ほどの比ではない強烈な快感に、合わせた唇の中で無様な嬌声を上げた。

「んん、あぅっ」

濡れた蕾が、彼の指によってころころと愛撫される。

断続的に与えられる刺激に、体のあちこちから眩暈《めまい》がするような熱が送り出される。

こんなに気持ちのいいことは知らない。

大人の体に成長はしたけれど、未知の感覚を知る機会は持たなかったから。

転がされ続ける蕾は、ふっくらと腫れ上がる。

もうこれ以上抑えられない状態になったそこが、ゆっくりと大きく円を描く指に撫でられた途端、一気に熱が暴発した。

「んぁああっ」

花火と見紛う閃光が暗い部屋に飛び散る。

優しいキスを振りほどき、喉を仰《の》け反《ぞ》らせた体が痙攣《けいれん》した。

まもなくくたりとベッドに沈み、荒ぶる呼吸が自分の居場所をわからなくする。

すると、横から優しく抱きしめてくれる温かさに包まれ、それが賢正だとわかって安堵が広がる。

「副社長……」

「今は副社長じゃない。ただの男だよ、陽奈美」

額に優しく口づけられ、味わったことのない安らぎに沈みそうになる。

彼の匂いで肺を満たしながら、意識の淵に立ったところで、体を撫でていた賢正の手が静かに下肢に残っていた衣服を抜き取った。

何をされているのか理解することすら手放そうとしている陽奈美をそこに残し、賢正は自らも自身の全部を曝け出した。

間接照明に浮かぶ隆々とした筋肉の造形美が、夢見心地に拍車をかける。

いつも鎧のようなスーツに隠されていた体は、溢れ出る色香を抑え込むためだったのだ。

触れてみたいと衝動的に思わされる淫靡な美しさに手を伸ばすと、そこに届く前に彼の指に搦《から》めとられた。

「欲しいのはやまやまだけど、今日は最後までできない。だから、せめて……」

指先に軽い口づけをくれる賢正は、陽奈美には理解しがたいことを呟く。

何やら惜しそうにしているけれど、陽奈美としてはこれ以上ないくらいに、女としての心と体は満たされているのだ。

返事すら出せないほどくたくたの体。

早く眠りの穴に落ちて来いと手招く睡魔にかろうじて抗うのは、そこにある造形美を見ていたかったからだ。

「気持ちのいいことを、目いっぱいしてやる」

そう言った彼は陽奈美の願望を裏切り、視界からいなくなる。

急激に淋《さび》しさがこみ上げてきて、繋がれたままの手に縋りついた。

ここにいると応えてくれる彼の手。

指先を絡めあったまま彼の気配を探していると、太腿に添えられる手のぬくもりを感じた。

「濡れたままで、綺麗だ」

遠くに聞こえる声に耳を傾けた途端、そっと開かれた足の間で熱くて柔らかい何かが、陽奈美の秘処をぬるりと撫でた。

「ん、ぁあ……」

忘れかけていた感覚が強制的に呼び起こされる。

胸を締め付けるような苦しさを感じながらも、全身を駆け巡る気持ちのいい悦情。

陽奈美の反応を確かめる賢正は、濡れた割れ目の隙間を埋めるように熱を込めた舌で舐っていた。

「ぁん、あ……」

何度も何度も擦り上げられ、体は与えられる痺れに酔うばかり。

ゆらゆらと立ち上る悦楽の熱に、そのまま溶かされてしまいそう。

下肢に集まる熱が陽奈美の体を本当にとろけさせているのだろう。

賢正は、しきりに陽奈美を舐り続け、次第に音を立てて啜りだした。

「溢れて、止まらない」

じゅるりと吸い上げられ、体の熱が一点に集中すると、快感がそこから四方八方に見返りを送り出す。

「ああ、んゃあ」

頭の先からつま先までが彼から与えられる愉悦に悦ぶ。

すでに弾けたと思っていた蕾は、また実を実らせていて甘い蜜で彼を誘う。

まんまとそこに辿り着く舌は、無遠慮な先で蕾を舐り上げた。

極上の快感に堪らず震える。

そして、声にならない嬌声とともに、瞬く間に音もなく爆ぜた。

「っ……」

まるで生気を吸い上げられたようにくずれ落ちる体。

それを見届けた賢正は、痙攣《けいれん》する陽奈美の濡れた場所に、ゆっくりと指を沈める。

誰の侵入も許したことのないそこは、絶頂にひくつきながらも彼を受け入れる。

くぷりと指の根元まで咥え込み、逃がすまいときつく締め付けた。

さほど異物感はなく、彼に暴かれることに快感を覚えた。

「意外と、いやらしいな」

ゆっくりと引き抜かれる指が、中で擦れてぞくぞくと感覚を煽る。

再び深くまで挿入されて、最奥の一角で彼を思いきり感じた瞬間、強くよがった。

「あぁっ、ん」

「ここ、か……」

それに気づいた賢正は、抽挿の速度を緩やかに速め、奥の一点に刺激を集中させる。

「あ、ぁっ、んっ」

リズミカルな指の動きに合わせて、甘えた声が漏れる。

そこに重なりくちゅくちゅと鳴る水音が、思考を奪うほどの酩酊を誘った。

「可愛い、陽奈美……可愛い」

何度も耳元で告げる彼が、自分の知っている高成賢正という人とは違う気がして戸惑う。

けれど、なぜか十四年前に出会った彼がここにいるかのような感覚がたしかにあった。

あの時、彼の衝動に気づき彼を受け入れていたら、自分の人生観はもっと違うものになっていたかもしれないとぼんやりと思う。

「陽奈美」

呼びかけられて、息を乱したまま うつろに彼を見上げる。

「大丈夫か」

現実と思考が錯綜している陽奈美を、賢正は案じている。

大きな手で頬を包まれる安心感にかすかに頷くと、彼は深く息を吐いて、自身を陽奈美の下肢に重ね合わせた。

「ん……」

猛った彼の欲望の熱が、濡れそぼった陽奈美の秘処に宛がわれた。

「ごめん、このまま……」

どうして謝るのかわからずに、彼はゆっくりと自身で陽奈美を擦り始めた。

はあ、と大きく火照《ほて》った吐息を零《こぼ》し、賢正は陽奈美に口づける。

重ね合わせた両手をベッドに押し付け腰を動かす彼は、陽奈美の処女を奪おうとしない。

ひたすら愛撫に徹し、擦られぬちぬちと音を立てるそこは、高まる賢正の呼吸に合わせて感度を上げていく。

もうどれだけの快感を与えられたかわからない。

そして、自分よりももっと欲していたはずの快楽を、彼は味わっていなかったと気づいた。

「賢正さん……」

いじらしい彼の姿に、胸がはちきれそうにときめく。

彼も気持ちよくなりたかったに違いないのだ。

それでも、欲望に任せて陽奈美を乱暴に抱いたりせず、献身的に尽くした彼が愛おしかった。

絡まった手を握り返し、その時まで一緒に昇っていく。

彼を濡らしながら受け入れる陽奈美も、そんな陽奈美を優しく愛撫する彼も、愛欲の熱に高まっていく。

「ん、あ……っ」

「陽奈美……っ」

切羽詰まった彼の声を耳元で聞いた瞬間、駆け上がってきた衝動が弾けた。

それとともに、震える彼の体が陽奈美を押し潰す寸前で留まる。

抱きしめられない淋《さび》しさを感じる代わりに、腹部にあたたかなものが滴《したた》る。

それが何かを確かめる間もなく、陽奈美は必死に引き留めていた意識を安堵の海に投げ出した。

第三章

賢正はベッドに腰かけたまま、柔らかな肌掛布団にその白い体を包み、無防備に眠る陽奈美を見下ろしていた。

どのくらいの時間こうやって見つめているだろうか。

(飽きないな……)

きつく眉根を寄せ、息を乱して喘いでいた彼女は見る影もない。

初めて会った時と同じく、穢れを知らない少女のままの陽奈美が、穏やかに眠っている。

すうと寝息を立てる彼女の、頬にかかる繊細な黒髪を静かに退けた。

目を閉じたままの陽奈美は、賢正の指先の感触にもぞと顔を動かしただけでまた寝息を立て始めた。

(可愛い)

とくとくと鼓動が急くのを感じる。

たまらず、露《あらわ》になった丸い頬にそっと唇を寄せた。

まさかこんなに感情が揺り動かされるとは、思ってもみなかった。

いや、そうではない。

再会したあのときから、陽奈美には心を揺さぶられ続けている。

むしろ、初めて会った時から、賢正の心は彼女にしか反応しないようになっていたのかもしれない。

胸に膨らむ感情が、熱い溜め息となって零《こぼ》れた。

これまで周りにいた女性とは、明らかに自身の反応が違う。

陽奈美があの時の少女だと、もっと早く知りたかった。

そうは思うけれど、賢正自身、十四年前の少女を捜してはいなかったのだから、仕方のないことだ。

もっと早く見つけていれば、あの見合いでもあんな態度を取ることはなかった。

あのとき、自分を見て頬を染めた陽奈美に、酷く幻滅した。

他の女性とは違って、自分に色目を使わないあの純朴な少女の理想を壊された気がしたからだ。

あまりに身勝手な理想を押し付け、裏切られたような気がしたからと腹を立てるなど、自分は最低で傲慢だった。

「陽奈美……」

何度も口にしたくなる愛らしい名前。

十四年前は呼ぶきっかけがなかった。

高校三年の夏休み。

親同士の交流で出会った陽奈美は、すらりとしていて大人びていた。

彼女の両親を見ると、その血筋のいいところを継いでいるように見えた。

陽奈美と子ども同士で話をしてもよかったけれど、女子から話しかけられることはあっても、自分から話しかける方ではなかった賢正は、話しかけ方がわからなかった。

それに、一目見たときから、陽奈美にはどこか神聖さを感じていた。

安易に踏み込んではいけないような、そんな距離の遠さを感じていたのだ。

そのため、ほとんど目を合わせることもなく夕食を終えたあと、賢正は二階のバルコニーでひとりその時を待っていた。

地元の花火大会だ。

リビングで涼みながら見るのもいいのだろうが、多少暑いのを我慢してもバルコニーからの眺めは抜群だった。

毎年恒例の花火は、高校生になった賢正でも心待ちにするほどだった。

例年、家族でバルコニーから花火を鑑賞していたが、今年は客人を招いているのだから、わざわざ暑い中に引っ張り出すことはないと、両親はリビングに留まっている。

ひとりでの鑑賞は文字通り、夜空を独り占めにするはずだったのだが、椅子で寛《くつろ》ぐ賢正のもとへ突然陽奈美が現れたのだ。

『あの、母から持っていくようにって言われて……』

陽奈美が持ってきたのは、グレープフルーツのジュレだった。

ひとつだけをテーブルに置くと、陽奈美はそそくさと出ていこうとした。

『君の分は?』

なぜそう声をかけたのかわからない。

それまで、話そうとしなかったのに。突然のことに陽奈美は驚いたようだった。

『私はさっき食べたので』

『そう』

少し残念に思った。

食事はひとりより、誰かと一緒に食べる方が美味しく感じるからか。

『花火は、ここからの方がよく見える』

とっさに引き止めるように言った自分の言葉に、少しでいいから彼女と話したいと思っているのだと気がついた。

『暑さが気にならなければだけど』

『どの辺りに見えるんですか?』

過保護に育てられた資産家の令嬢なら、汗が滲《にじ》むのを嫌うのではないかと思っていた。

少なくとも賢正の周りにいる女子はそうだった。

それなのに、夏夜の蒸し暑さよりも、花火に興味を示してくれた彼女に、わずかに胸が弾む。

けれど高校生の賢正は、そんな浮かれた気持ちを表に出せなかった。

澄ました顔でラタンチェアを隣に並べ、この向きで座っているといいとだけ言った。

陽奈美は素直に椅子に座り、賢正の存在を気にすることなく膝を抱えて夜空を見上げた。

こんなとき、普段周りにいる女子なら賢正に色目を使ってくるに違いない。

きつい香水のにおいを振り撒きながら、鼻を歪める賢正の気持ちに気づきもせず。

なのに、彼女はどうだ。

陽奈美は賢正を気にするどころか、これから夜空で行われるショーを純粋に心待ちにしているではないか。

家族がいるとはいえ、こんなところで男とふたりきりになるという危険な状況も、まったく気にしていない様子だ。

もらったジュレを口に含みながら、隣の無防備な少女を盗み見る。

満天の星をバックにしても、引けを取らない繊細な作りの美しい横顔に、引き込まれるようだった。

目を奪われるとはこのことだと、それまで生きてきた人生で初めて思ったことだった。

ほどなくして花火が打ち上がる。

いくつもいくつも大きな音で夜空を割る、色とりどりの火花の競演。

連発される花火に、口を開けたまま目を輝かせる陽奈美。

豪奢に夜空で弾けていた花火が静かに火の粉を闇に溶かすと、陽奈美はたまらないといった様子で深い溜め息を吐いた。

『素敵』

最後に、それまでで一番大きな玉が上がり、腹の底に響くような深い音で割れる。

その最後の一瞬までけして見逃さないようにと、空を見上げたままの陽奈美の目は、少し潤んでいるように見えた。

すべての演目が終わり、夜が静寂を取り戻す。

もう一度溜め息を吐いた陽奈美を黙って見つめ、それに気づいた彼女に吸い込まれるように顔を近づけた。

神聖なもののはずなのに、どうしても触れたくなった。

突き動かされるような男としての衝動が、賢正の目を眩ませた。

『ありがとうございます。こんなに贅沢に花火が見られるなんて』

賢正の欲望に気づかず無邪気に顔を華やがせた陽奈美に、はっと目を覚ました。

自分は何をしようとしていたのか。羞恥と罪悪感で顔を背ける。

危うくみっともない欲望で彼女を汚すところだった。

『また来年も来るといい』

急激な喉の渇きを感じ欲望を誤魔化すようにグラスのお茶をあおる。

『来年は、わからないです。受験があるので』

『私立大に行くんじゃないのか？　あえて苦労することはないだろう？』

『大学、ですか？　まだそこまでは考えてませんけど、高校は父の通っていた学校に行きたいんです』

賢正はその時初めて知った。

陽奈美が大学受験ではなく、高校受験を控えている中学生なのだと。

驚きのあまり、グラスを取り落としそうになりお茶を零《こぼ》した。

陽奈美は四つも年下の、まぎれもない少女だった。

そんな無垢な少女に手を出そうとした自分を大いに恥じた。

それは普段周りにいる女子とは、まったく違うはずだ。

まだ穢れを知らない無垢な少女。

その夏の日、陽奈美とは打ち解けられたような気がしたけれど、夜も更けたところでお開きとなった宴のあと、自分らの別荘へと帰って行った彼女たちとは再び会うことはなかった。

もしかしたら、親たちは連絡を取り合っていたかもしれないが、彼女の父がそのあとすぐに逝去したことは賢正には知らされなかった。

自ら連絡を取りたいなどと言えるような性格でもない賢正が、陽奈美のことを過去に置いてくるのは仕方のないことだった。

(まさか、こんな近くにいたなんて)

そしていま、あの時の少女が目の前で眠っている。

枕に流れる艶やかな髪を一束掬《すく》い、指先に絡めてするりと解く。

そのしなやかさに、胸の辺りがむずむずと擽られる。

このままもう一度掻き抱いて、今度こそ彼女の全部を手に入れたい。

無防備に眠る純粋な少女の前で、卑しい男の欲望はあまりに穢らわしい。

だけど、その欲望を白い肌の上に吐き出し、少女を汚した背徳感が、自分でも知らなかった興奮を誘った。

（変態すぎるだろう、こんな感覚……）

欲を満たしたあと、その報いを受けた彼女の体を、あたたかなタオルに込めた慙愧《ざんき》の念で丁寧に拭った。

あまりに不埒な自分に溜め息を吐き、ゆっくりと上下する細い肩まで、布団を引き上げる。

男を惹き付ける魅惑の肌が隠れ、再び込み上げてきた欲望を辛うじて抑えたところで、薄暗がりの中にコンコンとノックの音が響いた。

「賢正さん」

瀧だ。

こちらに気を遣ってか、抑え気味の呼びかけではあったが、今の音で陽奈美が目を覚まさなかったか、ちらと彼女を見やる。

変わらない様子に安心して、ベッドが軋まないようそっと腰を上げた。

服を纏ってから僅かにドアを開け、隙間から無言で瀧に応答する。

「三条様がお帰りになるそうです。私がお送りしますが、陽奈美さんは……」

勘のいい瀧のことだ。部屋の暗がりを見て、何か察したのだろう。

「今は眠ってる」

夜も更けている。時刻を気にしていなかったが、母親と共に帰すのは当然だ。

しかし賢正はあえて陽奈美が眠っていることを告げ、暗にこのまま寝かせておきたいような雰囲気を滲《にじ》ませる。

「……嫁入り前のお嬢さんですよ」

勘のいい瀧は、呆れたような溜め息を吐いた。薄々状況を察しているようだ。

長年の付き合いで、賢正が彼の性格をわかっているように、彼もまた賢正のことをよく理解している。

今の台詞は親心か、兄心からの静かな叱責だ。賢正も言い逃れできない。

何があったかあえて言わないのは、まさに年月を重ねたふたりの関係があるからこそだ。

「では、どうしましょう」

それでも、瀧はあくまで賢正の意志を優先する。

プライベートの時間とは言え、秘書としての振る舞いが染み付いているのだ。

本来なら無理して起こしてもいいはずだ。むしろ帰すべきなのだ。

しかし、優しさにかこつけ、己の身勝手に瀧を巻き込む。

「目を覚ましてからでも、構わないだろうか」

本音は、陽奈美を親の元へ帰そうとする瀧を閉め出したい。

だが良識的にそんなことができるわけはなく、まずは形だけ伺いを立てた。

それでも瀧の言う通り、恋人でもない嫁入り前の女性にやっていい行為ではなかったことは、十分に反省している。

結婚はしないと、文字通り声を大にして言い放ったくせに、だ。

「わかりました。私の方から上手く話しておきます」

暗に誤魔化しておくと言う瀧に、若干の気まずさと申し訳なさを感じる。

「ああ、頼む」

賢正の右腕として働く彼は八つ歳上だ。

頭の切れる彼に助けられることはかなり多い。

「承知しました。ですが、ひとつだけ」

「なんだ」

仕方ないと言った様子の瀧は、念を押すように言った。

「強引なことは、していませんよね？」

陽奈美が今どういう状況であるかを察し、そこに至るまで賢正が彼女に無理強いをしなかったかという危惧《きぐ》だ。

「当たり前だ」

多少己の欲を走らせたが、彼女はそれを受け入れてくれた。

嫌がる素振りはなかったように思う。

たしかに、はっきりとした了承の言葉をもらったわけではなかったものの、彼女はしようと思えばできた拒否をしなかった。

「そうですか。それなら、……お酒はほどほどにと陽奈美さんにお伝えください」

ゆっくりと瞬き、そういうことにしておく、と暗に示す瀧の機転の良さに感謝する。

「ああ。わかったよ」

「それでは、私は朱美さんをお送りしてきますので」

恭《うやうや》しく頭を下げる瀧に、「ありがとう」と小さく告げた。

音を立てないようドアを閉め、陽奈美のもとへ戻る。

まだ夢の中の彼女にほっとする。

もう一度ベッドに腰かけて時刻を確認すると、間もなく日付が変わろうとしていた。

このまま目を覚まさなければいいと、身勝手なことを考えてしまうくらい、この時間が尊くてたまらない。

朝が来て目が覚めた彼女は、その大きな瞳に自分をどう映すだろう。

はにかむ彼女を想像して、浮かれる心が男の欲に再び熱を灯す。

(さすがに、駄目だろう)

大きく息を吐いて、高まりかけた自身を抑える。

このまま陽奈美と同じベッドで眠る勇気はない。

己を抑えられなくなる想像が、おぞましいほど湧いてくるからだ。

本当なら、別の部屋で寝るのが最善だと思うが、自宅ではない場所で目を覚ましたときの陽奈美の不安を考えると、そばにいたほうがいいのではないかと自分に都合よく考えた。

幸い、この部屋のソファは長身の賢正が横になれるほどの大きさがある。

クローゼットから静かにタオルケットを引っ張り出し、陽奈美の寝顔を眺めながら横になった。

彼女がそこにいるというだけでそわそわと落ち着かないが、少しでも近くにいたかった。

十四年ぶりの胸の高鳴りが心地よい。

会社でも見合いの席でも、強い口調で叱責した自分を蹴り飛ばしてやりたい。

彼女を知ろうともせず、闇雲な理想だけを押し付けた自分が恥ずかしい。

陽奈美はあの頃の純粋さを失くしているわけではなかった。

自分と同様、彼女も大人になっていた。

周りで目につく、親の脛《すね》を齧《かじ》るだけの未熟な女性達とは一線を画している。

優遇された自分の環境にあぐらをかくことなく、自らの力で生きようとする強かさを兼ね備えるまでに成長していたのだ。

少しだけ遠くの陽奈美の寝顔が、賢正の胸を火照《ほて》らせる。

あの頃よりも、うんと魅力の増した人がこんなに近くにいる。

他の誰にも抱くことのなかったもどかしいような感情に、頬を緩めて目を閉じた。

＊

ごそりと何かの蠢《うごめ》く物音に意識が引き上げられる。

重い瞼は目覚めを拒否しているが、じわりと覚醒する頭が昨夜からの記憶をなぞった。

（そうだ、陽奈美は……）

ばっと布団を払い除けて飛び起きる。

ベッドを見ると、そこに横たわっていたはずの彼女がいない。

「陽奈美……」

虚しさが吐息に混じる。

いつの間にいなくなってしまったのか、眠りこけていた自分にひどく落胆する。

「お、おはよう、ございます……」

前髪を雑に掻き上げて大きく溜め息を吐いたところで、視界の外から動揺する声が聞こえた。

目を向けると、ドアのほうに向かっていたと思われる陽奈美がおどおどと振り向いた。

「すみません、起こしてしまって」

部屋の中は眠る前よりも幾分明るかったが、服を着た彼女の表情まではっきりとは見えない。

まもなく夜明けだ。

しかし朝というには早い時間だ。それなのに、陽奈美はこっそりとどこかへ行こうとしていたようだ。

「どこへ行くんだ」

寝起きの声は低く、思ったより不機嫌になった。

その声が陽奈美を怖がらせたのか、彼女はわずかに身を縮めた。

「あの、母は……」

「君の母なら、昨夜のうちに瀧が送って行った」

「え……」

陽奈美は戸惑いを見せる。

「も、申し訳ありません。図々しく副社長のベッドで眠ってしまって……」

〝副社長〟と口にした陽奈美。

あんなに近かった彼女との距離が、ひどく遠くなる。

昨夜は名前を呼んでくれたのに。

もう夢は覚めてしまったのか。

目覚めてもまた、潤んだ瞳で見つめてくれると思っていた。

「構わない。起こさなかったのは俺の意思だから、気に病むことはない。君の母親には瀧から話をしてある」

「話……」

薄暗がりの中でも、陽奈美が青ざめるのがわかった。

まさか昨夜の情事を知られたのではないかと震え上がっているのだろう。

「君の不都合になるようなことは言っていない。俺が飲ませすぎたと伝えているはずだ」

痴情には触れられていないとわかると、陽奈美は安堵したように息を吐く。

「ご迷惑をおかけして申し訳ありません。私はこれで……」

「朝食までいても構わないが」

「いえ、これ以上ご厄介になるわけにはいきませんし、母のことも気になりますので」

どうしても帰るらしい。

母をひとりにしていることが気がかりだと言うなら、強く引き止めることはできない。

「そうか」

零《こぼ》した言葉は思いのほか弱くなった。

昨夜から引きずっていたふわふわと浮かれたような気持ちが、どことなく彼女との温度差を感じて萎《しぼ》む。

親を案ずるのは当然のことなのに、自分が彼女の優先順位の上位にいないことがなんだかつまらない。

自分はこんな子ども染みたことを思うような人間ではなかったはずなのに、どうかしている。

「それなら、送っていこう」

「そ、そんな、副社長にそんなことさせられません。タクシーを呼びますので、お気遣いなく」

心から恐縮するように断る陽奈美に、立ち上がった賢正は行き場をなくした。

彼女はやはり昨夜の夢から覚めてしまったようだ。

彼女にとって賢正は会社の上役であり、これまで通り畏怖《いふ》の対象なのだろう。

それが無性に腹立たしく、そしてとても切なく思った。

「まだ外は暗いんだ。ひとりで帰せるわけがない」

さも正義感があるかのような口振りだけれど、少しでも引き留めたいだけだった。

暗がりに慣れてきた目で、動けずに俯《うつむ》く彼女に歩み寄る。

昨夜の熱からひとり抜け出した彼女を連れ戻すように抱きしめた。

ぬくもりが感じられたことに安堵する賢正に対し、体を強張らせる彼女に薄い心の壁を見る。

少し淋《さび》しいような気がしたけれど、構わず小さな顔の輪郭をなぞるように掬《すく》い上げた。

背けられてしまう前に、唇を重ねる。

まだしっとりと馴染む彼女の唇に、拒否されなかっただけでも心が浮き立つ。

こんな感情が自分の中に湧き起こるとは思わなかった。

角度を変えたキスも受け入れてくれて、胸が息苦しく締め上げられる。

もっと触れていたいけれど、あまり強く感情をぶつけると壊してしまうのではないかと怖くなる。

かろうじて欲を抑え込み、そっと唇を離す。

鼻先の近さにいるのに距離を感じるのは、陽奈美が自分を見てくれないからだ。

「陽奈美」

恥ずかしいのか、怖いのか。

呼びかける声に、昨夜のような甘い声は返ってこない。

「せめて明るくなってからにしよう」

窺《うかが》うように提案しながら、怯えているのは自分の方かもしれないと思った。

母を気にしていたが上司からの言葉は否定できないのか、小さくこくりと頷き自分の望みに従ってくれた彼女を引き寄せた。

うまく言葉にできない感情に戸惑いつつ、結局、朝食まではいられないと言う陽奈美を瀧に送らせた。

賢正が送ると言ったものの、彼女があまりにも恐縮するので、朝食の支度をしようとしていた瀧が申し出てくれたのだ。

『一応上司に当たる人間なのですから、陽奈美さんが断るのは当然です。そんなに落ち込まないでください』

＊

彼女の別荘から戻った瀧は、キッチンで滴《したた》るコーヒーをぼうっと見る賢正に言った。

陽奈美に頼られなかった虚しさを汲み取ってはくれたが、なんだか楽しそうで妙に癪《しゃく》に障った。

普段会社では秘書としての業務に徹して賢正をサポートしているが、プライベートの彼はとてもフランクに接してくる。

一応公私は分けていると思っていた瀧だが、夏季休暇が明けてからなにやら機嫌がいいようだ。

副社長室でパソコンの資料を見る賢正の背をつついてくる。

「これから先日の雑誌の取材の件で広報部まで降りますが、一緒に来ますか？」

まるでコンビニにでも誘うような軽口だ。

普段なら絶対に賢正を誘ったりしないのに、あえて同行を促す彼に眉をひそめた。

「俺が行く必要があるのか？」

「特にありませんが、もうお昼の時間ですし、一応念のために聞いてみました」

にこにこと目を細める彼の誘導には乗らない。

どんな反応を待っているのか、薄々わかっている。

広報部といえば、陽奈美が所属する部署だ。

彼女の存在を賢正の前で匂わせ、どういう反応を示すか楽しんでいるのだろう。

「午後一で営業部の打ち合わせだろう。昼食は早めに取る」

「そうですか」

ポーカーフェイスを崩さなかった賢正に、瀧は残念だという顔で肩を竦める。

「外に出られますか？　たまにはどなたかお誘いになられては？」

諦めたかと思えば、また誘導尋問だ。

広報部と聞いた時点で、マウスを握る手がぴくりと震えたのは誤魔化せたはずだ。

それでも、その〝どなたか〟が、特定の人物を指しているのは見え見えだった。

「いや、社食に行く。早い時間なら他の社員はいないだろうからな」

外食にしてもいいが、午後の会議に間に合うように往復の時間を考慮しなければならないのが面倒だ。

それに、社食でも規定時間外であれば、副社長である自分が社員に気を遣わせることはない。

ここの唐揚げ定食は、たまに無性に食べたくなるのだ。

広報部への対応は瀧に任せ、若干後ろ髪を引かれながらもＰＣを消して副社長室を出た。

＊

十二時を回る頃。

社食の返却口に、「ごちそうさま」と空の食器を差し出す。

ちらほらと社員たちが昼食に訪れ、すれ違う賢正にお疲れ様ですと堅い顔で頭を下げていく。

立場もあるし、父のように気安くは振舞えない性質だ。

淋《さび》しいとは思わないけれど、それが自分の立ち位置なのだと弁えている。

恐縮する社員たちをかわしながら、社食を出ようとしたところで、開け放した扉の向こうに、一際目を引く女性社員の姿があった。

長い髪を後ろで束ねパンツスタイルの彼女は、あの夜とは別人のようだ。

瀧の前では平静を装えたが、実際の彼女を前にすると、息を忘れるほど緊張した。

（陽奈美……）

休暇以来の再会だ。

ほんの数日ぶりに見る彼女の姿。

真昼間で周りには社員がいるのにもかかわらず、目の前をちらつく乱れた夜の幻想。

忘れられない彼女の甘い啼《な》き声が、耳の奥にこだまする。

記憶に引っ張られながら、完全に無意識のまま体だけが歩を進めている。

声をかけてもいいだろうか。

瞬時に正しい判断ができずにいると、まだ賢正に気づかない陽奈美が隣にいる誰かと話をしているのが見えた。

陽奈美よりも背の高い、ワイシャツ姿の男性。

首から提げる社員証が、この会社の人間だということを示す。

彼を見上げる陽奈美は、賢正に見せる顔とは違うラフな表情をしていた。

そんな彼女の姿に、胸がギリギリと引き絞られる。

呼吸できずに不足する酸素が、頭を大きく揺らした。

そんなに砕けた顔で、何の話をしているのか。

彼は陽奈美の何なのか。

ただの同僚か。あるいは……

自然と湧いてくる可能性に、賢正は眩暈《めまい》を覚えた。

(まさか、恋人がいたのか……)

自分が彼女にした行為が、許されざることだったかもしれないと猛省するのと同時に、今この場で足元が崩れたような衝撃で打ちひしがれる。

どうしてこんなに動揺しているのか。

いや、動揺どころではない。

かろうじて歩みを進めることが精いっぱいで、他の何も考えられない。

身についたポーカーフェイスが、この時ほど役立ったことはなかった。

数秒もしないうちに、彼女が賢正に気づいた。

意図せずかち合う視線。

あの夜のように潤んではおらず、見開かれた目は即座に足元に向かった。

「お疲れ様です」

陽奈美の隣にいた彼がふたりの間に入るように、ほかの社員同様足を止めて挨拶をする。

彼に倣《なら》いその向こうで呟いたであろう彼女の声は、聞き取れなかった。

そこの彼とは砕けた話ができるのに、自分には挨拶すらまともにしてくれないのか、と賢正の自尊心は傷ついた。

あの夜のことは、一方的に自惚れていただけだったのか。

許された行為だと思っていたのは、傲慢な思い上がりだったのか。

「陽奈美も……ればいいのに」

後ろに流れていく彼女の気配とともに、気安く名前を呼ぶ隣の男性社員の声がやけにはっきりと聞こえた。

咄嗟に、彼への苛立ちが沸き起こる。

馴れ馴れしく彼女を呼ぶことができる彼は、賢正とは比べ物にならないくらい近しい関係なのだ。

これからその彼と昼食なのだろう。

誰か誘ってはどうかと言った瀧の言葉を思い出す。

その誰かは彼女以外にはいないとわかっていたから、それ見た事かと言わんばかりの現状に無性に腹が立つ。

急に声をかけたら彼女が戸惑うのはわかっていた。

そう思ったのすら、言い訳に過ぎないことも自覚している。

触れることを許されたのだとしても、それが彼女との関係に進展をもたらすとは限らなかったのだ。

彼女だって大人だ。

割り切った関わり方ができないわけがなかった。

(これまでの彼女の何も知らないくせに、自分の理想だけで彼女を見ている俺は……滑稽だな)

ぶつける宛てのない苛立ちを自分の中に押し込めると、あの夜の幻想にかぶれていた心が鈍い痛みを覚えた。

＊

副社長室のソファで少し横になり、会議の予定時刻よりも早めにミーティングルームに入る。

十脚ほどの椅子が並び、すでに営業本部長が奥のＰＣで部下と打ち合わせをしていた。

今日の会議は、新事業に着手するための大事な事前内部会議。

今後の事業展開の構想などを固め、会社をどう動かしていくかの話し合いだ。

先に自分が座るべき席に着き、テーブルに置かれたプレゼン用の資料をめくる。

社長である父はもうほとんど経営に口を出さず、実務的な会合には同席しない。

賢正以下常務専務と各部署の統括リーダーが集う場であり、緊張感をもって臨むべきところなのだが、社食での出来事が賢正の頭を重くしていて、正直身が入らない。

めくった資料も内容が頭に入らず、電源を入れたタブレットの操作も指を滑らせるだけだ。

こんなに物事が手につかないことがあっただろうか。

特に仕事のこととなれば、鋭く目を光らせ全身全霊をかけてきた。

それがどうだ。

彼女のことが頭から離れず、入れるべき情報を入れられない。

代わりに込み上げてくる胸の息苦しさをうっかり溜め息として吐き出そうとしたとき、男性社員が「あっ」と声を上げた。

何事かと目線を向けると、賢正の持つ資料と同じものをめくりながら狼狽の表情を浮かべていた。

「この資料、古いやつですよ。間違えないように出してくれって、広報には言ったんですけど」

「早めに気づいてよかったじゃないか。クライアント前のプレゼンなら大惨事だったが」

「資料、取り直してきます」

男性社員が賢正にも断りを入れて部屋を出ていく。

広報と聞いて一瞬、陽奈美の顔が頭を過ったが、それは今の賢正の思考回路が彼女で埋め尽くされているからだ。

（本当にどうかしている）

椅子の肘掛けに腕をつき、軽く握った拳でこめかみを支える。

彼女が自分とのことを割り切っているのなら、その意向に添うのが大人だ。

あれだけの濃い時間を捨て置くのはいたたまれなく思うが、恋人がいるのならもうどうしようもない。

（でも……）

胸の苦しさは消化不良を起こす。

渦巻くものが何なのか、今更どうこうできるわけでもないことに触れることすらはばかられる。

どうしようもない感情の消化の仕方がわからないでいると、慌ただしく戻ってきた男性社員の後ろから、必死に謝罪しながら入ってくる人物に硬直する。

「申し訳ございませんでした。資料は差し替えさせていただきますので」

深々と頭を下げているのは、つい先ほど挨拶すらしてもらえなかった彼女だ。

「すぐに差し替えられるなら問題はないよ。社内会議の時点で気づいてよかった」

「本当に申し訳ございません」

本部長に渾身の謝罪をする陽奈美は、資料を抱えたままようやく頭を上げる。

すると、彼女を真っ直ぐに見つめていた賢正に気づいて、一歩踏み出したままひしと表情を強張らせた。

それは気のせいかと思うほど一瞬のことで、陽奈美は入り口に近い席から資料を入れ替え始める。

一歩一歩近づく彼女から目が離せない。

じっと見ている賢正に対し、彼女は作業に徹する姿勢を貫き通す。

あくまでこちらを見ないつもりだ。

それが彼女の大人としての姿勢なのだろう。

「失礼します」

傍にやって来た陽奈美に資料を渡す。

何も言えず、ふたりにしかわからないであろう緊張感が通り抜ける。

しかし、それすらも賢正の一方的な感覚なのかもしれないと思うと、胸の奥が虚無感に晒《さら》された。

役目を終え、陽奈美はその部屋を出ていく。

彼女を隠してしまう扉が締め切られる直前、賢正は考えるよりも先に席を立ち、後を追いかけた。

何をしたくてそうしているのかわからない。

本部長と男性社員が振り向く気配を背中に感じたが、そんなことは気にしていられない。

廊下を歩く背中を見つけ、足早に追いつく。

幸い誰にも見られることなく、一番近い別の部屋へ彼女の肩を抱いて連れ込んだ。

閉めた扉との間に彼女を追い詰め、外から見えないよう扉の脇にあるスイッチでガラスにスモークをかける。

薄暗くなった部屋で、驚いた様子の陽奈美は見張った目で賢正を見上げた。

ここまで来て、何を言うべきなのか。

どうしたくて、彼女を引き止めたのか。

「気をつけるようにと念を押していたそうだが」

何の話かわからずきょとんとする陽奈美。

大事にするようなことではないと思いつつも、話の切り口を闇雲に探して発した言葉だった。

「あのくらいの資料、間違えるようなことではなかったろう」

「も、申し訳ありません。以後、このようなことのないよう、気をつけます」

優しく言葉にしたつもりだったが、不機嫌が滲《にじ》む。

陽奈美は何のことか気づいたようで、しゅんと俯《うつむ》いた。先ほどの彼への態度とは違う。

自分は上司で、彼は自分よりも陽奈美に近い存在だと言われているかのようだ。

あの夜のことは独りよがりだったのかと思い、悲しみを誤魔化す感情が苛立ちに変わった。

「浮ついていたんじゃないのか？」

「え……」

陽奈美は賢正の指摘に動揺を見せた。

その反応にも苛立ちを覚え、目元がひくつく。

一方的で傲慢なことだとわかっている。

なのに、初めて抱いた感情のコントロールの仕方がわからなくて、詰め寄るように彼女を両手で取り囲んだ。

「身が入っていなかったのはどうしてだ？」

「それは……」

口ごもる彼女の頭頂部を見つめ、まるで自分自身への自戒のように問い詰める。

「会議前に男と浮かれている時間があったのなら、資料の確認くらい念入りにするべきだったんじゃないか？」

一言一句、もれなく自分へのブーメランだ。

会議に身が入っていなかったのは自分のくせに、八つ当たりもいいところだ。

強い口調でたしなめる賢正に、それまで黙っていた陽奈美はおもむろに顔を上げた。

「男と、って、誰のことを仰っているんですか？」

目元にキッと力を入れて、反発の感情を剥き出す。

「身が入っていなかったのは否定しません。ですが、副社長に交友関係にまで踏み込んだことを言われるのは心外です」

賢正の口調にも負けない強さで見返す陽奈美は、また距離のある言い方をする。

自分だけがあの夜の幻想に取り憑かれているとわかっているのに、それが苦しくて仕方ない。

彼女にとって、自分との時間はさほど意義深くなかったのだろう。

「だったら……」

あの夜、みっともない欲望をさらけ出したのだから、今更恥も何もない。

彼女が自分と距離を取ろうとするなら、情けなくとも彼女に感情のままを見せてしまえばいい。

「副社長ではなく、ただの男として言わせてもらう」

抑えられない感情が自制心の緩みに乗って、怒涛《どとう》の如く押し寄せる。

「さっき一緒にいた男は誰だ。どういう関係だ？」

口から出た瞬間に、これまで胸の中に渦巻いていたものが嫉妬なのだとはっきり認識した。

陽奈美に他の男が近づくのが許せない。

甘えた表情を見せたのは、自分の前だけではないのだと考えると、相手の男の存在を何とかもみ消すことはできないかと、猟奇的なことまで過る。

まだ人としての人格は壊れていないが、まさしくはらわたが煮えくり返るほどの苛立ちが目の前を真っ赤にする。

「どうしてそんなこと……」

「誰だ」

一方的な憤りを見せる賢正をいぶかしく思うのも無理はない。

けれど、質問に質問を返す彼女を遮り、自分の要求だけを押し通す。

「彼は同僚です。学生時代からの友人で、自宅と別荘の売却のことを相談していました」

淀みなく答えるところを見るに、それは本当なのだろう。

ただ、聞き捨てならない話だったので、それまでの感情が一掃された。

「自宅の、売却？」

「はい、そうですが」

賢正のコロコロと変わる顔色に戸惑いが感じられるものの、陽奈美は毅然と答える。

「別荘も、手放すつもりだったのか」

「自分たちだけでは管理するにも限界がありますし、現状管理会社に任せっきりなので。彼に話を進めてもらっていたんですが……」

陽奈美が視線を落とす先には、母の顔が見えているのだろうか。

朱美はあの別荘のことを誇らしげに語っていたように思う。

夫との思い出が詰まった場所に、十四年経ってようやく足を運ぶことができたのだとも言っていた。

「母は手離したくないと言っていて……でも、やっぱり資産整理をしないといけないとも思っているんです。いつまでも手元に残していてもしょうがないので」

賢正は素直に驚く。

資産家の令嬢が、こういう現実的な考えをするとは思いもしなかった。

もっと傲慢に振る舞い、社会に出ることなく有り余る資産を使うことだってできたはずだ。

けれど親の脛《すね》を齧《かじ》るどころか、資産整理のことまで考えるほど、陽奈美は堅実らしい。

先日聞いた彼女の人生観は、やはり建前ではなかったのだ。

彼女の大人びた印象と他の女性には見られない律儀な純粋さが、ますます賢正の胸を強く打った。

「お話は、それだけでしょうか。業務に戻らないといけないのですが……」

腹の前で固く握られた両手が震えている。

怖がらせてしまったようだ。そんなつもりはなかったが、彼女にとって自分は上司以外の何者でもないのだろう。

「すまなかった。家庭のことを考えている君の思いを知らずに、ひとりで勝手に嫉妬にしていた」

彼女との距離を淋《さび》しく思いながら、素直に詫びる。

先日の別荘でのことも、彼女は忘れたいのではないかと、卑屈な想いが胸を締め付ける。

今ようやく気づいた気持ちが、こんなに自分を怯えさせるとは思いもしなかった。

やるせない思いが溜め息に乗る。

「失礼します」

軽く頭を下げ、踵《きびす》を返した陽奈美を、賢正は背後から引き留めるようにそっと抱きしめた。

びくりと強ばる陽奈美。

あの夜のように甘えてはくれないのか。

温度の違いが、心の距離を示しているようで、淋《さび》しさが沁みる。

けれどそれでも、抱きしめているぬくもりは確かで、十四年にわたって蓄積した想いが、限界を迎えてついと零《こぼ》れた。

「好きだ、陽奈美」

第四章

一滴の雫のような、震える声が耳の奥に届いた。

強い力ではないのに、陽奈美を抱きしめる賢正の腕は焼けるように熱い。

そして、彼が今告げた想いを受け止めるキャパシティーが陽奈美にはなくて、脳内がエラーを起こし、たくましい躯体をありったけの力で突き飛ばした。

思いのほかあっさりと腕が解かれた瞬間、弾くように扉を開けて外に出た。

カーペットの床を蹴る足音よりも、自分の中で鳴り響く鼓動の方が大きくて眩暈《めまい》がする。

(何だったの、今の……一体何を言われたの？)

『好きだ、陽奈美』

思い返そうとしなくても、勝手に耳の奥でこだまする。

体が発熱し、一生懸命忘れようとしていたあの夜の感覚がぶり返してくる。

息が上手く吸えず眩暈《めまい》が強くなって、間一髪足を崩す前にエレベーターに駆け込んだ。

閉じるボタンを震える指で連打して、行先不明の箱の壁にもたれる。

言葉の意味は理解しているけれど、思ってもみないことにどうしたらいいのかわからない。

(どうして？　なんでそうなるの？)

確かにあの夜、ただの上司と部下としてではない時間を過ごした。

自分でもどうかしていたと思う。

あのシャンパンに何か仕込まれていたのかと疑うほど。

酔いと夏の夜の熱気にあてられて、箍を外した。

それまで未知だった大人の男女の世界を自分が体験することになるとは、本当に思ってもみなかった。

まだはっきりと体に残っている彼の指と唇の感触。

素面《しらふ》になっても消えない感覚に、ひょんなタイミングで火を噴くほど恥ずかしくなる。

頭を占拠してくる情景に気を取られ、ぼうっとすることがこの数日数えきれないほどあった。

「三条さん、そろそろ二ページ目も埋まっちゃいますよ」

聞こえた声にぱっと顔を上げると、ＰＣの画面でアルファベットのｊが、文章の途中から大行列を成していた。

「うわっ」

いつの間に自席に戻っていたんだということに驚き、キーボードから手を離してようやくｊの彼らが整列を終える。

不要な彼らにマウスで網をかけて一掃すると、隣にいた年下の同僚が心配そうに声をかけた。

「大丈夫ですか、三条さん。何かありました？　今日も普段はしないミスしてたし」

ミスとは会議資料の手配についてだ。

あんなミスをしなければ、賢正と鉢合わせすることもなかったのに。

「だ、大丈夫。ちょっと夏バテ気味かな。はは……」

赤くなる顔を自覚しながら、彼との出来事は口外しなければ誰にも知られることはないと自分に念を押す。

しかし、大人の世界に足を踏み入れた事実はたしかで、これまでの自分と変わってしまったことに気づかれないだろうかとひやひやする。

（大人の女になったなんて、そんな恥ずかしいこと言えない）

二十八年間、誰にも許さなかった体を、まさか副社長である彼に委ねるなんて、どうしてそんなことになってしまったのか。

忘れられないあの熱い眼差し。

陽奈美を組み敷いた逞しく均整のとれた体。

彼のすべてで慈しみを受け、ありのままに乱れる自分を晒《さら》した。

そして、彼と――……

だが、一番肝心な部分の記憶がない。

汗ばむ体を擦り合わせたことは、忘れようとしても忘れられない強烈な記憶と感覚を残しているが、自分の全てを彼に捧げたのかどうかがわからないのだ。

（まさか、副社長に聞くわけにもいかない……）

もしそうだったのだとしても、記憶にないのだからノーカウントでもいいのではないかと無理やり納得しようともした。

どちらにしても、この先誰かと付き合うとか、結婚するとか考えていないのだから、必死に守るようなものではないのだ。

半分投げ槍な言い訳で、遊び慣れた大人の女性を自分に刷り込む。

あくまで割り切った大人の付き合いだったと結論付けてしまえば、頭を抱えることはない。

特別なことは何もなく、ただの事故だったのだ。

それなのに、賢正は陽奈美に告白してきた。

自分のどこに好意を抱いたのか。

最初はあんなにはっきりと拒絶して、結婚はしないと断言していたのに。

やはり彼に抱かれてしまった故なのか。

セックスをしたことによって、彼もまた何かの催眠にかかってしまったのか。

だとするなら、目を覚まさせなければ。

あんな風に会社で抱き合っているところを誰かに見られでもしたら、それこそスキャンダルになる。

そうなればきっと陽奈美の居場所もなくなり、人生設計が大きく崩れるだろう。

「三条さん、そろそろ止めないと消すのも大変になりますよ」

「えっ」

再び隣から声をかけられて見たＰＣの画面には、陽奈美を冷やかすようなｗの文字が大草原を開拓していた。

＊

そんなつもりではなかったと、あの夜のことを水に流してもらえば、これまで通り平穏な日常を送れる。

しかし、それを伝えるには、賢正と対峙しなければならない。

あの日は連絡先を交換なんてしなかったし、何よりもう二度と彼と顔を合わせるつもりはなかった。

午後の業務もなかなか捗《はかど》らない。新しいコンセプトのリゾート施設のパンフレットを仕上げなければならないのに、こんな時に限って海と花火の写真が載ったラフが回ってきて頭が痛い。

いやでもあの夏夜の情景を彷彿とさせる。

あれから十日は経っている。年々残暑は厳しくなっているが、間もなく暦は秋を迎える。

季節は移り替わろうとしているのに、あとどのくらいの時間を置けば忘れられるのだろう。

重くなる頭に休息が必要だと判断し、隣に声をかけて席を立った。

社屋の中層には社食とは別に、ワンフロアが丸ごと休憩スペースとして確保されている。ライトグリーンのカーペットといたるところに置かれた観葉植物が、リラックス効果をもたらす場所だ。

エレベーターが休憩フロアへ止まり、コーヒーでも飲もうと足を踏み出した陽奈美の前に、見覚えのあるスーツを着た男性が現れた。

邪魔にならないよう彼をかわそうとして、恐る恐る上目遣いで窺《うかが》うと、賢正が驚いたように陽奈美を見下ろしていた。

破裂しそうなほどの大きさで心臓が鼓動を強く打った。

何か言わなければならないことがあったような気がしたけれど、もはやそれどころではない。

しっかりと目が合ったのにもかかわらず、全力で顔を背けて体が勝手に駆け出した。

背中で「副社長」という瀧の声が聞こえた。

挨拶もせず、失礼な社員だと叱責されかねないことを恐れて、というより、とにかく彼と対峙する勇気がなくてフロアのトイレに駆け込んだ。

個室のドアに渾身の力でカギをかけて、喉から飛び出てくるんじゃないかと思うほどにどくんどくんと脈打つ心臓を手のひらで強く押さえた。

はあはあと荒ぶる呼吸に軽くむせる。

駆け出す背中に突き刺すような視線を感じたのは気のせいだと思いたい。

（に、逃げてしまった……）

さすがに女子トイレにまでは追って来られない。

ぎゅっと目を瞑《つむ》ってドアにつけた額がかろうじて体を支える。

つい数時間前、純哉といたことに嫉妬した彼の腕の熱さと、突然の告白が心臓の音に紛れて蘇《よみがえ》る。

掻き消そうとしても、彼のあの声は耳にこびりついて離れない。

彼の言葉には彼の想いが乗っていた。言葉通りに陽奈美を好いているのだと考えると、恥ずかしさの極地に立たされ、どうすることもできない。

こんなことこれまでの人生で経験したことはないし、自分は誰かに想いを寄せたことがないため、対処法がわからない。

「やだ……もう」

困惑に声が震える。

ただ平穏な人生を送りたいだけだ。

心乱されるようなことなんて必要ないのに。

陽奈美は半泣き状態でしばらくその場から動けず、ようやく鼓動を落ち着かせてトイレを出たころには一時間が経っていた。

＊

休憩で抜けた時間を埋め合わせるため、終業時刻を一時間遅らせた。

なんとか気持ちを切り替え、キリのいいところまで作業を進めたときには、周りの同僚達は疎《まば》らにしかいなかった。

部長に退社の挨拶をして、部のフロアを出る。

やっと帰れると思うと、どっと疲れを感じた。

夕食を作れる気がしない。

というより、ここ数日まともに食事ができていない。

先週末は、なぜか実家に帰る気にもなれずに、自宅マンションでなんの生産性もない時間を過ごした。

おかげでダイエットでは落ちなかった体重が少し減ったが、心から喜ぶような気力もなかった。

とりあえずコンビニに寄って帰ろうと思いながら、もう受付もいない会社のエントランスを抜けようとすると、ふと後ろからぐっと腕を引かれた。

よろける体を逞しい腕が支える。

バッと振り返ると、そこにいたのは感情の見えない顔をした賢正だった。

「ふ、副社長……」

頭が真っ白になった陽奈美を、賢正は有無を言わさず地下へ向かうエレベーターへと連れ込む。

目撃者がいたら、誘拐かスキャンダルだと大きな騒ぎになっていたかもしれないのに、静まり返ったエントランスを振り返った陽奈美の目には、閉まりゆく扉が映っただけだった。

青ざめる陽奈美。

もし叶うなら、賢正との関わりをなくせば、あるいは彼も一時の気の迷いだったと何もかも忘れてくれるのではないかと考えていた。

それなのに、陽奈美は今、賢正とふたりきりの小さな箱の中だ。

B2のボタンを押すために陽奈美を離してくれたが、下降しだしたエレベーターからは逃げられないと判断されたのだろう。

「陽奈美」

低い声で呼ばれて、びくりと大げさに肩を揺らしてしまう。

それを見た彼は、小さく溜め息を吐いた。

「頼むから、そんなに怯えた顔をしないでくれ。突き飛ばされたのは俺が悪かったけれど、あんな風に逃げられたら……さすがにちょっと、傷つく」

肩を竦めながら、ちらりと上目遣いに彼を窺《うかが》い見る。

きれいに整えられていた前髪を片手で崩し、参ったように眉を下げて頭を抱える彼の眼は、あの夜と同じ子犬のようなしおらしさを見せた。

またしても見せられる意外な姿に、胸の辺りが小さく騒ぐ。

この男も傷ついたりするのだと驚いた。

鉄仮面のように見えて、実は熱い心を持っている人なのだと、陽奈美はあのときから知っていたのに。

「すみません。そんなつもりでは……」

しゅんとして謝ると、エレベーターが目的階に到着する。

会社役員が利用する地下二階の駐車場は、二十時を回るとさすがに誰もいない。

スキャンダルの煙が立つ心配はないけれど、自分の行先とは違う場所に来てしまって困惑した。

痺れを切らして閉まりかける扉を押さえた賢正は、

「家まで送る」

と、なんとも不器用に唇を尖らせて言った。

「えっ、いえ、副社長にそんなこと……」

「君はこの前もそう言って断った」

陽奈美の断りを遮る賢正は、怒っているようにも見えるけれど、落ち込んでいる感じもした。

自惚れるわけではないけれど、陽奈美に避けられるのは堪えるのだろうか。

「もう終業時刻は過ぎたんだ。四六時中肩書きで呼ばれるのは疲れる」

どうやら副社長と呼ばれるのも嫌らしい。

とはいえ、あの夜とは違って、ここは会社だ。

賢正は上司で、馴れ馴れしく呼ぶことははばかられる。

「でも……」

「俺と居るのを見られると困る相手がいるのか?」

彼の目に過った嫉妬に、心苦しさとかすかな胸のざわめきを感じる。

「特定の誰かがいるわけではないです。けど、やっぱり一社員と一緒にいるところを見られたら、副社長にご迷惑がかかるかと思いまして……」

まだ純哉との仲を疑っているかもしれない賢正に、なぜその誤解を解こうとしたのか。

子犬のような目をする彼を慰めたかったんだろうか。

「俺は迷惑になるとは思っていない」

せっかく提案したもっともらしい理由は却下された。

「それに、もう仕事中じゃないと言っているだろう」

やはり肩書き呼びは嫌だと拗ねた声で言う。

しかも、彼が持つ威厳を削ぎ落して、あの夜に聞いた優しく落ち着いた声音で。

彼の鎧であるスーツがとても窮屈そうに見える。

普段は固く重い責任に囲まれていて、誰もが畏怖《いふ》する人だ。

けれど、彼の本来の姿を陽奈美は知っている。

他の誰も知らない彼を知るほんの少しの優越感に胸が火照《ほて》る。

そして彼は、副社長という型から抜け出すように腕を伸ばし、陽奈美を包んだ。

「俺の気持ち、わかってるだろう」

彼に抱きしめられた途端に、熱を持ち始めていた胸が大げさにときめく。

耳から吹き込まれる彼の想いが、内側に潜り込んで陽奈美の心に絡みついてくる。

「ふく、しゃちょ……」

「違う。賢正」

低く囁く声が、一度目覚めさせた陽奈美の女の部分を刺激する。

「っ」

堪えきれなかったぞくぞくとした感覚に喉を詰まらせると、賢正は陽奈美の首根を抱えて唇を寄せた。

優しく触れる熱に、羞恥が噴出する。

あの夜のみだらな感情がよみがえるのが怖くて、深く交わる前に陽奈美は彼から顔を背けた。

「だめです、ここ会社……」

「ここじゃなければいい？」

「そういうわけじゃ……」

ぐっと抱き寄せられて、耳朶《じだ》にキスされる。

首筋に走る痺れに首を竦めながらも、彼の胸を非力な両の拳で押しやった。

「だって、急にそんなこと言われても、まだ全然状況を理解できてないんです」

「状況？　俺が陽奈美を好きだっていうことをか？」

「す、好きとか、そんな簡単に……」

「軽々しく言っていると思っているなら間違いだ。今までの人生で初めてそう思った相手が君で、他の誰にも言ったことはない」

恥ずかしげもなくさらりと言ってくるから、抑えきれない恥ずかしさで顔が真っ赤に染まった。

「君だって、告白されることは初めてじゃないだろう」

どこを見れば、告白された経験があるように見えるのか。

経験豊富なように見られている気がしてちょっとショックだ。

「初めてですよ……。男の人と付き合ったこともないです」

「え？」

「だから、わからないんです。会社で会っても、どんな顔をしていればいいか」

潔白は証明しなければ。

「誰とも付き合ったことはないのか」

「はい」

「キスくらい、あるだろう」

「ないです。恥ずかしいこと何度も言わせないでください」

むす、と顎に皺を作って、せめてもの虚勢を張る。

さすがに副社長を睨みつけるなんてことまではできなくて、下を向いた眼が潤んだ。

「初めて……」

頭上に降ってくる呟きがまた、羞恥を誘う。

交際経験がなければ、キスもないとなると、つまりは体の関係だって持ったことはないのだ。

それを大っぴらにしてしまい、あの夜の出来事をまたしても鮮明に思い出した。

「すまない」

陽奈美を再び懐に収めて、賢正は囁くように謝った。

どうして謝るのか。

やはりあの夜、陽奈美の処女は彼に捧げたのかもしれない。

初めての瞬間は誰にとっても特別なもので、その記憶がないことが切ない。

交際はもちろん、結婚も望んでいないのだからと投げやりになっていたが、女としての矜持《きょうじ》は持っていたようだ。

「謝らないでください。私は、平気です」

「違う、そうじゃない」

何が違うのか、きょとんと瞬くと、賢正は腕の力を少し強めた。

「君に触れた最初の男が自分だったことが、嬉しいんだ。少なからず君を傷つけたかもしれないのに……身勝手に喜んで、ごめん」

口にしなければ、そんな感情を抱いていることはわからないのに、賢正はきちんと悔恨の思いと向き合っている。

律儀な彼に、陽奈美の矜持《きょうじ》は優しく撫でられた。

「そんな風に想ってもらえるなんて、私にはもったいないです。謝るなら私の方です。じつは私……覚えてなくて……」

彼が本音を晒《さら》したのなら、陽奈美も誠実に答えなければいけないと思う。

お互いに真面目すぎることが可笑しくて、緊張が緩んだ。

「覚えてない？」

「すみません、途中までは記憶があるのですが……その……」

やはりきちんと言葉にするのは難しくて、ごにょごにょと口ごもる。

今まさにその記憶の中と同じ腕に抱かれているのだから、体の感覚がぶり返して恥ずかしさに発火しそうだ。

「でも副社長でよかったです、初めての人……。結婚も考えていなかったので、このまま純潔を貫いて生涯を終えるところでした」

ははは、と照れ隠しに笑うと、賢正はまた不機嫌な空気をにわかに醸《かも》した。

「君は早合点している」

覚えていないことが気に食わなかったのかとびくつくと、顎を掬《すく》われた。

真っ直ぐな視線に射貫かれ、どきりとする。

「俺は君を抱いてない。最後までしなかった。君は純潔のままだ」

「え……」

「もちろん抱いてしまいたかった。……用意があれば」

〝用意〟と言われたものが何なのか、さすがの陽奈美でもピンとくる。

「今でも、タイミングが来れば君の全部を俺のものにしたいと思っている。でも……」

何やら不穏な空気が漂う。

賢正が苛ついていることはわかる。

だけど、それがなぜなのかわからずに、自分の言動を反芻した。

「結婚するつもりはなかったのか？」

振り返り終わる前に、彼は固い声で陽奈美を問い詰める。

「だったら、あの日見合いの席にいたのは、なぜだ」

はっとして、彼の言わんとすることを理解する。

賢正があの日、はっきりと見合いを切り捨てたのは、陽奈美には結婚の意思があると思っていたからだ。

だが、そもそもする必要のない見合いだったのだ。彼を馬鹿にしたと取られても仕方ない。

「俺と見合いをして、形だけの結婚をしようとしていたのか？」

「違……」

「君は俺に、少しの好意も持っていなかったのか」

眉根をきつく寄せた苛立ちの中に、傷ついた彼の心が見えた。

良心の呵責に襲われ、胸が苦しい。

そんなつもりはなかったと言おうとした陽奈美の口は、息次ぐ間もなく彼の唇に押さえ込まれた。

先ほどの触れるだけのキスとは違い、傷ついた心を苛立ちで隠すような獰猛《どうもう》さがぶつけられる。

「っ、ンぁ……っ」

無理やりこじ開けられた咥内へ、熱く滾《たぎ》った舌が捻じ込まれた。

逃げようとしても追いかけてくる舌に、容易く捕まる。

舌を扱《しご》き上げられて息苦しいはずなのに、その熱を覚えている体は次第に力を吸い取られていく。

自分を想ってくれているが故に、陽奈美の不誠実さが許せないのだろう。

それを受ける責任が自分にはある。

乱暴に咥内を詰られて、頭がぼうっとしてくる。

理性で押し止めていた心の隅に、かすかな火が灯るのを感じた。

その熱が何かわからないまま、堪えきれなかった体がずるりと足を崩した。

意図せず解放される唇。

倒れそうになった体を、賢正がしっかりと抱き止めた。

「絶対に惚れさせるから。結婚しよう、陽奈美」

互いに結婚するつもりなんてなくて、見合いは成立しなかったのに。

付き合ってもいないのに大人の男女として触れ合い、彼は陽奈美を好きだと言った。

目まぐるしく変わる状況に心が全く追いつかないのに、陽奈美を包む逞しさにはなぜか安心する。

「好きだ」

降り注ぐ彼の想い。

もっと欲しいと思ったのは本音で、彼の強い想いのこもった瞳に吸い込まれるように、もう一度キスをした。

第五章

まだ帰したくないという賢正に連れられ、料亭で夕食を取ることになった。

連れて来られたのは、見るからに高級料亭の風格を漂わせる門構えに、風情溢れる和の空間。様々な種類の常緑樹が植えられ、下からの照明との巧妙なバランスで雰囲気が作られている。

十数年前は、こういった料亭に何度か訪れたことはあるが、子供の陽奈美にその良さはわからなかった。大人になった今は、ここがどれだけ贅沢な場所なのか理解できる。

彼は何食わぬ顔でここへ入っていく。自分との差が明確になったたようで、気が重かった。

賢正は慣れた様子で暖簾をくぐった。出迎えた着物姿の女将と顔見知りの様子の彼は、陽奈美を乗せた車でも、個室の座敷で向かい合って座っても、ずっとご機嫌な空気を漂わせていた。

つい数十分前に見たあの苦しげな顔より、嬉しそうでいてくれる方がずっといい。

周りに一目置かれる彼も、好意を持った女性相手に一喜一憂する普通の男性だった。

しかし、その相手が自分であることが未だに信じられない。

お嬢様らしいことはせず、家柄も、あえて周囲には明かさずに生きてきたのに。

なぜ、彼に見初められたのか。

鮎の塩焼きをつつきながら、ちらりと向かいに座る賢正を盗み見る。

「うん？」

即バレた。

日本酒を口にしていた賢正は、きょとんと陽奈美を見て、目だけで微笑んだ。

美麗な尊顔の笑みほど、破壊力のあるものはない。

副社長としての彼では絶対拝むことはできないだろうレアな表情に、鼓動は簡単に乱される。

「いえ……」

まさか自分のどこが好きなんですかなんて直接聞けるわけもなく、透明なつみれ汁をごくごくと品の欠片《かけら》もなく飲み干した。

矢継ぎ早に話を繰り出すようなことはせず、彼は終始穏やかに陽奈美のパーソナルを知りたがった。

この料亭に連れてこられたのも、好きな食べ物が魚だと伝えたからだ。

特に刺身が好きだなんて渋い趣味だと言われたが、馬鹿にするでも引くでもなく、店に置かれている地酒との相性がいいと機嫌よくオーダーしてくれた。

普段休みの日は何をしているのかとか、好きな作家だとか映画とか。

他愛ない話を交わす、静かでゆっくりとした大人の時間。

最初は緊張したけれど、お猪口《ちょこ》に一杯だけ飲んだ日本酒のおかげで、気持ちは安らいでいた。

(なんだか、本当のお見合いみたい)

頬にかすかな火照《ほて》りを感じながら、あの日成り立たなかった見合いのやり直しのようだとおかしく思う。

「見合いみたいだな」

賢正が突然そう言ったので、一瞬心の声が漏れたのかと思った。

熱いお茶に吹きかけていた息を止める。

「あの時の自分の振る舞いは許されるものではないけれど、こうやって君が目の前にいてくれるのは、ものすごく幸せなことだと思っている。……ありがとう」

改まって真っ直ぐに陽奈美を見つめる賢正。

きちんと反省している様子の彼に、陽奈美の反発心はもう欠片《かけら》も残っていなかった。

「もう一度チャンスが欲しい。この先、君が俺を好きになってくれるときがきたら、……結婚しよう」

湯飲みを取り落としそうになるほど、真摯な言葉が陽奈美を貫いた。

嬉しい、と素直に受け止めることができたら、胸の奥で密かに熱を灯していた小さな感情は、瞬く間に大きな炎となっていただろう。

だけど、陽奈美は彼の目を見返すことができない。

急に重くなった視線と湯飲みを座卓に置いて、彼の言葉を押し戻す。

「私は、副社長を好きになるかどうか、わかりません」

「どうして」

賢正は低い声で、静かに問うた。

「副社長がとても素敵な男性であることは間違いないです。きっと誰が見ても、私から見てもそう思います。でも……それが好意とか、その先の未来の幸せに繋がるかどうかは、誰にもわかりませんよね」

「俺は、陽奈美を幸せにする自信がある」

「私は、大切なものができた瞬間に、失うリスクも同時に発生することを知っています。賢正さんを好きになって、……失うのが、怖いです」

顔を上げられないまま、震えた声で告げた言葉に、彼が息を呑むのがわかった。

愛し合っていた両親が、離れ離れにならなければいけなかった理由を、誰が説明できるのだろう。そして、そうならない可能性を、誰が測れただろう。

神様なんてこの世界にはいなくて、だから、自分の人生は自分の足で歩いていくしかない。

「あの日お見合いの席についたのは、高成家に恥をかかせないためでした。最初から結婚は考えていなかったんです……本当に申し訳ありません」

座卓すれすれまで頭を下げる。

彼の想いも含めて、全てを遠ざけるつもりで。

「あの日は、だろう?」

それなのに、賢正は見合いのことも、結婚を考えていないことも咎める様子はなく、優しく言った。

「俺もあの日、結婚はしないと言った。おあいこだ。だけど、あれから状況は変わっている。俺は陽奈美が好きになったし、君も少なからず俺に気を許してくれている」

座卓の向こうの彼は、まるで陽奈美の背中を摩《さす》っているかのよう。

「不安がついてくるのは、誰だって同じだ。未来に何があるのか、わからなくて当たり前なんだから」

彼はその圧倒的な包容力で、陽奈美に寄り添おうとしてくれている。

「だけど俺は、陽奈美を置いていなくなったりしない。絶対に」

力強く、芯のある言葉が、胸に響く。

彼にかかれば、何もかも上手くいくような気にさせられる。

実際、会社の業績は上々だ。

「ずっとそばにいる。そばで、君を誰よりも幸せにする」

鼻の奥がつんと沁みた。

もしかしたら、父も母にそう言っていたのかもしれない。

「でも……」

「君の父上のことは、本当に残念だったとしか言えない。だけど、同じようになるか、そうならないのか、それこそ誰にもわからないだろう」

いつの間にか、そばに来ていた気配に視線を上げる。

そっと抱きしめてくれるたしかな温かさに、何度安堵しただろうか。

「陽奈美が好きだ。どうなるかわからない未来を、俺は君と一緒に見てみたい」

賢正のそばでなら、ずっと同じ未来を見続けられるかもしれない。

そういう希望が彼の腕の中に生まれる予感がした。

それでも陽奈美は、素直に頷くことができなかった。

＊

精算の気配を一切見せず、陽奈美の手を引いて個室を出る賢正。

一見ではない様子の彼のことだ。先に済ませているか、あとからになるのか。それを聞くのは野暮というものか。

長い板張りの廊下を行くと、見送りに来た女将に声を掛けられた。少し込み入った話になりそうだと思い、御手洗いを理由にその場を離れた。

高級料亭らしく、中庭の日本庭園にさっきまでの心の荒《すさ》みが癒される。

賢正の熱い想いを受けた心が絆《ほだ》されかけた。

このまま彼の胸に飛び込んだら、きっと幸せな時間と気持ちを与えてもらえるのだろう。

だけどまだ、無防備に飛び込むのは怖い。

家柄だけなら、高成家と釣り合っている。

三条家の娘としても、胸を張れるほどの良縁だ。

家柄を盾にしていると見られたくない陽奈美の思いとは裏腹に。

自分の力だけで生きていきたいと、そうでなければいけないと地に足をつけて歩いてきたのに。

高成賢正という男が現れて、突然圧倒的な力で抱え上げられた。

地からふわりと足が離れて、そのまま幻夢の世界へ連れ去られそうだ。

けれど、足に絡みついた枷《かせ》が重い。

いつか彼も、自分を置いてどこかへ行ってしまうのではないだろうか。

そんな不安が、陽奈美をまた現実世界へと引きずり下ろすのだ。

浮ついた気持ちはきっとお酒のせいだと、ふらつきそうになる足を踏みしめながら、待たせている彼のもとへ急ぐ。

女将との話は終えているだろうかと廊下の角を曲がると、なにやら楽しげな声が聞こえた。

「賢正くんってば」

彼の名を呼ぶ、少女のような愛らしい声。

思わず進めていた足を止めてしまった。

廊下の先では、淡い杏色の上品なワンピースを着た小柄な女性が賢正の腕に華奢な手を絡めていた。

彼を見上げる彼女は、陽奈美の存在に気づかない。

どくりと嫌な音で脈打つ心臓。

見てはいけないものを見てしまったようで、その場から動けなくなった。

「ほら、よさないか柚子《ゆずこ》。賢正くんが困っているだろう」

彼女の後ろから、五十代くらいの父親らしき人物がやんわりと止めに入る。

「ご無沙汰しております、加賀見《かがみ》社長」

賢正と顔見知りらしい彼の名前には聞き覚えがあった。

【加賀見開発】の社長・加賀見礼二《れいじ》。ロマンスグレーの彼は、賢正率いるグローイングリゾートのライバル会社とも言える大企業のトップだ。

「年末以来かな？　君の父上とは何度も会って話は聞いているが、今期の売上も上々のようだね」

「お陰様で。加賀見開発も、上半期だけでも前期の六十パーセントは超えているそうで」

「うちはまだまだ。愚息がもう少し頑張ってくれればいいんだが」

軽く笑いながらも肩を竦める礼二に続いて、五十路ほどの女性を連れた若い男性が現れた。

「ああ、総司《そうじ》。賢正くんもここに来ていたようだよ」

総司と呼ばれた男性は、賢正に気づくと一瞬空気を凍り付かせたように見えたが、勘違いだと思わせるほどすぐに融解してほほ笑んだ。

「賢正くんじゃないか。久しぶり」

「総司さん、ご無沙汰しています」

「こんな偶然もあるものね」

物腰柔らかに驚いている隣の女性は母親だろうか。

「ねえ今夜は、賢正くんと帰ってもいーい？」

柚子が賢正の腕に絡みつき、甘えるように言った。

随分と近い距離感に、胸がざわつく。

どうやら彼らは、家族ぐるみで賢正と親しいようだ。

蚊帳の外の陽奈美は、戻るタイミングを失ってしまった。

「この子は本当に。賢正くんも今日は連れがいるんじゃないのか」

「はい、今日は……」

身を潜められないまま、廊下に立ち尽くす陽奈美に、礼二が視線を投げてきた。

賢正と柚子がそれを辿って振り向く。

ようやく自分に意識を向けてくれた賢正にほっとするものの、柚子の視線は明らかに疎《うと》ましそうだった。

彼女が賢正に対してどういった想いを向けているのか、そして、彼の連れが女性だったことをどう感じているのかはすぐにわかった。

「こんばんは。初めまして、グローイングリゾート広報部の三条と申します」

できるなら彼らが去ってから戻りたかったが、見つかってしまっては仕方ない。

営業さながらの笑みを見せて歩みよった。

「デートかと思ったけれど、広報部の方でしたか」

礼二の言葉にぎくりとするものの、接待だと思ったのだろう。

悪いことをしているわけではないのに、プライベートであることに気づかれなかったのには安堵した。

堂々とできないのは、いまだ賢正の腕にくっついている柚子のせいだ。

「じゃあ、お仕事終わったのよね？　ねえ、いいでしょ。久しぶりに会えたんだし」

陽奈美のことは目に入らないのか、あえて見ていないのか。

「いや、彼女は俺が連れて帰ると約束しているから」

「どうして賢正くんがそこまでするの？」

柚子が刺々しく問う。

ごもっともだ。

ここに来たのは彼が望んだからだが、自宅に送ってもらうことまでは承知していない。

彼はそこまでするつもりだったのかもしれないが、帰る方法はいくらでもあるのだから、柚子の痛い視線に耐える義理はない。

「副社長、私は構いませんので」

にこりと笑ってみせると、柚子は陽奈美に向ける雰囲気を明るくした。

「ほら、三条さんもそう言ってるじゃない。そうだ、瀧さんに送らせたら？　彼もまだ動ける時間……」

「瀧は呼ばない」

賢正は柚子が言い切る前に冷ややかに遮る。

僅かな感情のヒリつきを察したのだろう、柚子は一瞬たじろいだ。

陽奈美も彼の雰囲気に押されびくりとする。条件反射だ。

「さあさあ、柚子。今日は家族の記念日なんだから、ひとりだけ抜けるのはなしだ」

そう言って柚子の頭を撫でたのは、総司だ。

「妹が申し訳ありません、三条さん。気を遣わせてしまいましたね」

参ったように頭を下げる彼は、柚子を賢正からやんわりと引き剥がした。

「いえ、私は何も」

「賢正くん、僕達はこれで」

「はい、また」

総司に肩を抱かれ、柚子が離れていく。

彼女の敵意が遠ざかり、ほっと息をついた。

「いつもすまないね。またあれがいないときにでも、ゆっくり話をしよう」

「こちらこそ、せっかくのご家族の時間に水を差してしまい申し訳ありませんでした」

にこやかな雰囲気で去っていく加賀見家の姿が見えなくなったところで、賢正は深く溜め息を吐いた。

「陽奈美、悪かったな。気を遣わせた」

陽奈美に寄越された穏やかな視線に、陽奈美の緊張も解ける。

「いえ、私こそお邪魔だったのではと」

「邪魔なわけないだろう」

賢正は柚子の時よりもずっと優しく、包み込むように陽奈美の言葉を打ち消す。

「俺はまだ君との時間を過ごしたいと思っている」

遠慮なく降り注ぐ彼の想いに、胸が熱くなる。

恥ずかしさに顔が火照《ほて》り、溢れ出す感情に耐えきれずに俯《うつむ》いた。

「門限は？」

箱入りでもないアラサーの女にそんな過保護な規則なんてなくて、考えることは明日の仕事のことくらい。華も何も無い乾いた生活だけれど、それが自分で選んだ道だ。

それなのに、賢正の甘い囁きは乾いた道に一滴の潤いを落とす。

「そういうのは特に」

あると言えば、彼はきっとこのまま陽奈美を自宅まで送るのだろう。

それでよかったはずなのに、正直に答えてしまった自分はどうかしている。

一時でも蚊帳の外に置かれたことで生まれた切なさを持ち帰りたくなかったのだと思う。

かすり傷にもならないほんのわずかな痛みを、彼の言葉で癒してもらいたかったのだ。

「それなら、もう少しいいか？」

ああ、自分はこんなに強かな女だったのだ。

彼がそう言うことをわかっていた。

「今日中には帰す。うちに、来ないか」

彼の窺《うかが》うような気づかいが伝わってくる。

それでも、柚子には許されなかった彼とともに過ごす時間が、陽奈美には与えられた。

柚子は見るからに箱入りの令嬢だ。誰からも大切に扱われてきたのだろう。

彼女はそうであることを自覚していて、賢正も同様に扱うのかと思ったが、彼の優先順位は陽奈美が上だった。

「少しだけなら……」

彼の心は真摯に自分に向かっているのだと示されたようで、初めて受ける女としての特恵がむず痒かった。

だけど、柚子のあの目を思うと、彼女がどう思ったかはおのずと察せられる。

（やっかみは望まないけれど……）

もう彼女と会うことはないだろう。

ライバル企業に行くことはないし、ましてその経営者の家族と会うことがあるとは思えない。

柚子には申し訳ないが、今は賢正の想いを蔑ろにすることの方がはばかられる。

それが、彼に対する畏怖《いふ》からなのか、それとも何か別の思いがあるからなのかは、わからない。

「ありがとう」

上目遣いにそっと見て、目を細める彼に不意にどきりとする。

自然と取られた手からも彼の想いが伝わってくるようで、どうしようもなく頬がこそばゆくなる。

普段の彼の印象がどんどん書き換えられていく。

こんなに優しい顔をする人だとは知らなかった。

彼の中の天秤の比重が、柚子と比べて圧倒的に陽奈美の方に傾いていると誰が思うだろう。

斜め後ろから見る彼の口元は緩んでいるようで、悪い気はしない。

靴を履いているところに女将が現れ、謝意が伝えられる。

その間もずっと繋がれた手に気づいているはずなのに、彼女はそのことには触れなかった。

ふたりで暖簾をくぐったところで、はたと足を止める。

「あっ、お会計は！」

何事かと振り向く賢正は、そんなことかと息を抜いた。

「君が気にする事はない」

「いえ、でも……」

高級料亭に来た時点で財布の中を思い起こしたが、運良く今日は給料日あとだ。

出せる分は持っているのに、片手を彼に握られたままでは、バッグの中から出せない。

「こういうときの甘え方を知らないんだな。あんまりしつこくするなら、その口を塞ぐ」

何を使って塞ごうというのか、言われずとも察して真っ赤になる。

どうやら陽奈美を揶揄うことに楽しみを見つけたらしい。

ふっと可笑しそうに笑う彼は、陽奈美の心臓がどれだけ暴れ狂っているかわかっているんだろう。

ずっと彼の術中にはまっているような気がするけれど、そこに彼の想いがあるというだけで許してしまう。

楽しげな彼に温かな気持ちを抱いていると、遥か遠くにサイレンの音が聞こえた。

夜を冷ややかに裂く甲高い音に、背筋をなぞられる。

すっと胸が冷え、冷静な思考が耳の奥で囁いた。

温かな気持ちにずぶずぶと浸って、そこから放り出されたときにどうしたらいいかわからなくなってしまわないだろうか。

自分の足で立つことを忘れてしまうのではないか。

……母と同じように。

このひと時は、今だけのものだ。

ずっとこうしていられるわけではない。

刷り込まれた観念が、自然発生しようとした感情を抑制する。

彼の手に確かな温かさを感じるのに、握り返すことはついぞ出来なかった。

＊

賢正は高台にある閑静な住宅街のマンションに住んでいた。

陽奈美の実家周辺のように大きな家が並び、その中に突如現れた五階建ての広い建物の地下へ、車は静かに入っていく。

数台並ぶ車はどれも艶のある高級車ばかりで、どんな人がここに暮らしているのか想像に難くない。そんな場所に住める賢正も、実力と品位あってのことだ。

どんな女性であれ、賢正に見初められたいと思っているに違いないのに、陽奈美は彼の世界を垣間見て気後れする。

「さあ」

降りることを躊躇《ためら》っていると、助手席のドアを開けた賢正が手のひらを差し出してきた。

まるでどこぞのお嬢様だ。

資産家の娘であるとはいえ、彼の好意を素直に受け取れない陽奈美には身に余る待遇だ。

彼の手を取るのか否か。この状況下で断る選択肢は選べず、恐る恐る手のひらを重ねた。

低層のマンションでも高台の五階に上がれば、街並みを見下ろせる。広いリビングの窓の向こうには、都会の夜景を臨む絶景が広がっていた。

「別荘ほどじゃないけれど、ここからは海も見える」

彼の部屋に通されて圧倒される陽奈美は、リビングを抜けた先のバルコニーに連れ出された。

ひとり掛け用のソファーと小さなテーブルが置かれていて、ここが彼のくつろぎの空間であることがわかる。

夜景の途切れた先に、黒く広がる辺りが海だろう。昼間であれば、ずっと向こうに続く水面が見えそうだ。

今は見えずとも、都会の夜景だけでも十分に見ごたえがある。

利便性を重視して借りた陽奈美の部屋からは、雑多なビル群しか見えない。

もし実家を手放して母と住むのであれば、こういう落ち着く場所にしよう。

「本当はもっと綺麗な海のそばに住みたかったんだ。けれど、普段は仕事中心の生活だから、利便性は外せなかったからな」

「わかります。結局通勤距離を考えちゃって、部屋から見える景色なんて考えませんでした。でもここは素敵です。帰ったら癒される場所ってやっぱり必要ですね」

「だったら、うちに来るか？」

え？　と返す言葉が、彼の唇に奪い取られた。

見えていた夜景は彼の綺麗に並ぶまつ毛に変わり、空気が突如として甘くなる。

体を翻されて強く抱きしめられる。

何が起きたかすぐに理解できて恥ずかしいのに、彼が自分を求めてくれて嬉しい。

あの夜を思い出した体が火照《ほて》りだす。

だけど、あのときほど酒は入っておらず、理性が連れてきた怖さから彼の胸をそっと押しやった。

「陽奈美」

「あの……すみません」

切なそうに名前を零《こぼ》す彼に謝った。

怖いと感じたことが心苦しかったから。

このまま曖昧な線の上をふらふらと歩いていたら、いつか彼の方へ落ちてしまいそう。

そこが幸せの坩堝《るつぼ》であるとわかっているからこそ、余計に失くしたときのことを強く考えてしまう。

それに――

「彼女のことが気になるのか」

ぎくりとした自分の反応に、陽奈美自身も驚いた。

気にしていないつもりだったのに、今陽奈美を抱く腕に絡んだ柚子の存在がどことなく引っかかっていたのだ。

「彼女……ああ、柚子さんのことでしょうか。とても可愛らしい方でしたね。親しくされているんですか？　ご家族の方とも仲が良さそうで……」

「妬いた？」

「え!?」

顔を覗き込んでくる賢正に返す反応は、図星だと言わんばかりだ。

「彼女とは何でもない。祖父同士が旧知の仲なだけだ」

「そうなんで……」

なぜかほっとして、その理由がわからず首を傾げた。すると、彼の指に顎を上向かされてまた口づけられる。

呆けた唇内にゆるりと忍び込んできた舌が、ヒリつきを感じた心を撫でるように蠢《うごめ》く。

嫉妬、していたんだろうか。

自分なんかよりもずっと女性らしくて可愛い彼女の方が、賢正にふさわしいと思ったのに。

「ん……」

執拗に舐られて、わずかな息苦しさに喉が啼《な》く。

賢正はこんなにも自分を求めてくれる。

気恥ずかしいけれど、求められることが嬉しくて応えたくなってしまう。

角度を変えるキスを、自ら踵を上げて迎え入れた。

少し驚いた様子の賢正は、その反応を受け取り陽奈美の腰を強く抱き寄せる。

言葉にしなくても感情が伝わったようで、胸が熱くなった。

「やっぱり、妬いてたんだな」

「……わかりません」

唇を触れさせたまま呼吸を交わし合う。

本当にわからない。

ただ、優しく触れてくれる彼が、もしかしたら柚子にも触れていたかもしれないという想像がよぎっただけで、重苦しい気持ちが押し寄せた。

そこに潜む感情に触れることは、パンドラの箱を開けるようなものだと本能が察する。

知らない方が自分のためだと警鐘が聞こえる。

それなのに、賢正は陽奈美を部屋へ連れ戻し、ソファに横たえ再びキスを降らせる。

「可愛い、陽奈美。もっと好きになって、俺を」

好きなのかどうかさえまだわからないのに、彼の方が先に陽奈美の気持ちに気づいているようだ。

頬から首筋に唇を滑らせ、ぞくぞくとした感触に震える陽奈美の頭を撫でる大きな手。

彼は言っていたように、その手で陽奈美を幸せにしてくれるのだろう。

きっとそうに違いないと思うのに、まだ今は、その核心に触れられない。

「賢正さん……」

「うん？」

頬を包む彼の手に自分のそれを重ねる。

いつかもしこの手がなくなってしまったら……

その考えが陽奈美の頭から離れてくれない。

だけど、助けを求めるように呼んだ声は、彼の唇に掬《すく》い取られる。

不穏な思考を拭うように何度もキスが重ねられていく。

段々と浸み込んでくる心地好さ。

嫌な気は少しもしなくて、むしろこのままずっと触れていてほしい。

そんな思いを悟ったかのように、賢正は陽奈美の腰を引き上げて露《あらわ》になった首筋を熱い舌で舐り上げた。

「あ……ぁ」

獰猛《どうもう》さを孕む熱に、食べられるのではと沸き立つ期待に喘ぐ。

彼にならば、全てを捧げてもいいと素直に思った。

胸の合間を縫い降りる熱い吐息。

服越しに、彼の感触を覚えている肌が粟立つ。

抵抗するどころか期待すら覚える体に、熱を持った彼の指が直接触れてきた。

服の裾から入り込み、腹部から柔らかな素肌に彼の熱が伝わってくる。

くすぐったさよりも、身体を彼の手に侵食される感覚に身悶える。

まもなく到達した胸の丘陵がふわりとあたたかく包まれた。

「陽奈美」

拒否する隙を与えられるが、抵抗はしない。

彼に触れられたらどうなるのかを知っているから。

だけど、賢正のことを思うなら、この先へは進まない方がいい。

「賢正さん、私……」

か細く震える声で彼を呼び止める。

陽奈美を見つめる瞳にはすでに情欲の色が宿っていて、呼びかけた陽奈美にかろうじて応答したようだった。

「賢正さんに、気を持たせているだけです」

胸の奥で生まれかけた小さな灯火を、冷静に俯瞰する自分が抑え込む。

「こんなふうに抱きしめてもらえることに甘えているくせに、この先、賢正さんを好きになる自信がありません」

好きになって欲しいと言われたけれど、もし仮に付き合うことになったとしても、結婚を考えていないのだから、ふたりの未来はないのと同じだ。

こんな身勝手な女に、彼の時間を費やして欲しくなかった。

賢正には、相応しい女性がきっといるはずだ。

柚子がそうかもしれない。他の名家の令嬢かもしれない。

そうであったとしても、陽奈美は最初からひとりで生きる覚悟を決めている。

「私は賢正さんの想いに応えられません」

実質、交際を断る言葉だ。

賢正とは付き合えない。結婚なんて以《もっ》ての外《ほか》だ。

「だったらなぜ、そんなに泣きそうな顔してる？」

「え……」

言われて気づく。

照明の陰に入った賢正の顔が、歪んで見えない。

「君の気持ちを急かしたりしない。いつまでだって待つ」

「そんな……っ、いつになるかなんてわからないし、そうなるかどうかも……」

「ここまで十四年かかったんだ。あと何年待っても大して変わらない」

賢正は、陽奈美の目元に優しくキスをする。

卑屈な思考を吸い取るように。

頭を撫でる大きな手が、彼の包容力を示す。

「いつになってもいい。もう俺は、他の誰かじゃ考えられない。陽奈美がいい」

彼の想いが陽奈美の唇に直接吹き込まれる。

再び重なる部分から、受け止めきれないほどの想いが注ぎ込まれる。

舌は丹念に扱《しご》かれ、酸素を奪いながら陽奈美の酩酊を誘う。

胸を包む大きな手のひらは陽奈美の女を呼び起こすようだ。

柔らかさを確かめた手は、下着の上から爪で頂点を引っかく。

むず痒いようなぼんやりとした刺激に、鼻にかかった喘ぎが漏れた。

「んぅ……」

直接触れて来ない指先がもどかしくて、薄く開いた目に涙が滲《にじ》む。

ピリピリと欲情を掠めていく微弱な刺激が、少しずつ体の中心に蓄積しだした。

「あ、ん……は……」

付き合えないと断ったはずなのに、彼はそれを認めず、あの夜と同じように陽奈美の体をいじらしく愛でる。

彼の想いに否応なしに反応する体が、情けなくて切ない。

「賢正さん、駄目です……私……」

頬を滑り、鎖骨を舐る唇に、懇願する。

応えられないのに、欲だけは膨らんでいくはしたなさ。

鋭敏さを極めた胸の先端を下着のカップから剥きだされ、賢正の口に含まれた。

「ああああっ」

待ち望んでいた快感が、強い刺激になって爆発する。

咥内でもそうしていたように、熱い舌を絡めて頂が扱《しご》き上げられる。

「あん、んあっ、ああっ」

強く吸われて引っ張られ、舌先でつぶされて捏《こ》ねられる。

乱暴なようで、ひたすら彼の慈愛に満ちた愛撫が、陽奈美の抵抗力を奪っていった。

断続的に与えられる快感に朦朧《もうろう》とする中、衣服はたちまちのうちに剥ぎ取られる。

最後に残された下肢の心許ないレース。

しっかり閉じた足の間は、もうすでに自分でもわかるくらい湿度を上げていた。

胸の先を口に含んだまま、賢正の指はその場所を目指して降りていく。

腹部をなぞる熱い指が、期待を乗せて陽奈美の太腿の間にするりと滑り込んだ。

それまでのどれとも比べ物にならない強い刺激に、悦んだ体が大いに震える。

「んゃぁあっ」

両胸で腫れた先端と、下肢で欲情を膨張させていた秘処が、三点同時に強い刺激を与えられて、ありえないほどの快感に仰《の》け反《ぞ》った。

「あっ、や……ッ、だめッ」

耐えきれないくらいの強い性感が、次から次に押し寄せる。

「可愛いよ……陽奈美。もっとよがって」

「あん、ぃやぁ……っ」

触れられたからなのか、その前からだったのか、ゆっくりと擦り上げられる秘処はぬるぬるといやらしく彼の指を濡らす。

じっくりと刺激されていつの間にか膨らみ、弾けんばかりに敏感を極めていた蕾。わざとそこを掠められて、焦らされるもどかしさに体が震える。

「ああ……っ」

「熱くて、指が融かされそうだ」

賢正はそう言いながら、目いっぱいに膨らんだ蕾を、一点集中でこりこりと転がす。焦らされるのとは違う直接的な快感に、陽奈美から溢れる喘ぎが際立つ。

「ああッ、だめ……っ、賢正さ……あんっ」

力なく彼の肩を押さえる手は、抵抗の意思を伝えきれない。

故に、容赦なく快感を与える彼の指に、体は快楽への昇天を始めた。

「アアッ、んあぁあ」

確実に上を目指す快楽が、蕾を限界まで膨らませる。

「やっ、もう……ッ」

ギリギリに踏みとどまろうとしたけれど、耐えられるはずもなく、一気に快感の頂点まで駆け上がり、陽奈美の体は大きく引き攣って、悦楽にビクンと飛び跳ねた。

「……ッ……」

思考が弾かれ、声も上げられず激しく痙攣《けいれん》する。

びくびくと震える陽奈美の体を、賢正は逞しい暖かさで包んだ。

遠くから意識を連れ戻してくれる彼は、まだひくつく陽奈美の太腿をそっと割って、ぬかるんだそこに長い指をずるりと埋め込む。

「ん……っ」

秘処に割り入ってくる彼の指を、快く受け入れる隘路《あいろ》。

ずぶずぶと埋め込まれてもなお、快感を得たいと蠢《うごめ》き、彼を締め付けた。

「そんなに感じたいのか」

「……んゃ……」

ヒクヒクと震えながらも、侵入を許した彼を奥へと誘う。

ゆっくりと押し込まれた先で、一際感度の高い場所が擦られる。

「あっ、あ、んぁ」

「ここ？　感じる場所」

「あ……」

陽奈美のポイントを見つけた彼は、さりげなく責める指を増やした。

くちゅりと飲み込み、刺激を求める膣が違和感なく彼を迎える。

自ら彼を締め上げると、賢正は小さく笑った。

「そんなに締めたら、動かせない」

無意識にはしたないことをしていた自分が恥ずかしくて力を抜いた途端に、彼の指が一気に最奥に突き立てられた。

外から与えられる快感とは違う気持ちよさが弾ける。

「あああっ」

緩急をつけてぐちゅぐちゅと激しい抽挿が、快感を膨らませていく。

「あん、あ、ああッ」

彼のリズムに合わせて嬌声が舞う。

「気持ちよさそう」

「あッ、ああんッ」

耳元で嬉しそうに囁く彼の声すら、快感の材料だ。

自分の声に紛れる卑猥な水音が部屋に飛び散る。

それを目を細めて見下ろす賢正の恍惚とした笑みを、薄れる意識の中で見つめる。

「陽奈美」

もう何度名前を呼んでくれただろう。

慈しみのこもった彼の声を引き金に、今一度体が悦楽の宙に舞う。

同時に吐き出した嬌声は、自分には聞こえないところで上がった。

三度にわたる絶頂に、慣れない体は途端に意識を手放す。

もっと彼の想いを焼き付けたいのに。

いつか失われる時が来ても、忘れてしまわないように。

この一瞬の儚《はかな》さがとても切なくて、救いを求めるように彼の名を口にするのが意識の限界だった。

第六章

あんな風に全身で彼の想いを浴びて、平然としていられるわけがない。

これまで社内でほとんど見かけることはなかったのに、休憩のために訪れた広いフロアの端から、遥か遠くのエレベーターの前にいた賢正の後ろ姿を見つけた。

コーヒーに口をつけたまま、陽奈美は噴き出しそうなほど動揺した。

彼は瀧と話していて、陽奈美の存在には気づいていないようだ。

気づかれる前に気配を殺そうとすると、不意に彼の視線に思い切り貫かれた。

こちらを振り向いた賢正は瞬間的に柔らかな空気を発して目を細める。

それが自分のせいだとわかるから、陽奈美は耳まで熱くなって俯《うつむ》いた。

あの目がここからはっきりと見えるわけではないけれど、至近距離での記憶が彼の甘い眼差しを彷彿とさせるから、動揺するには十分だ。

揺れるコーヒーを見つめて、彼は目を逸らされて嫌な気がしなかっただろうかと心配する。

でもそれは仕方ないことだ。

ふたりのプライベートな繋がりが公になればどんな事態になるか、想像するのは容易い。

今後もこの会社で働いていきたい。仕事にやり甲斐はあるし、人間関係にも不満は無い。自立するには十分な環境で居心地がいい。

ただここに居る限り賢正の目は避けられず、いつまでかかってでも口説き落とすと断言されたのが、心苦しいのだ。

（本当なら、転職するのが一番なんだろうな）

この好環境を手放すのは惜しいけれど、はっきり交際出来ないと断ったのにもかかわらず、諦めようとしない彼と距離を置きたいのであれば、まずは顔を合わせる機会を減らすのが得策だ。

休憩の時以来姿を見なかったことにほっとしながら終業時間を迎え、社屋のエントランスを一歩抜けたところでスマホが鳴った。

反射的に取り出すのは、現代人の性だ。

画面に表示された名前を見て、どきりとした。

（やっぱり、連絡先の交換はまずかった）

半ば強引にとはいえ、甘える子犬のように強請《ねだ》られたら、邪険にできなかった。

彼といると、それまで強いと思っていた意志が段々と剥ぎ取られ、弱さを露呈してきている。

見ないふりもできたのに、賢正の名前を存在感たっぷりに表示させた画面を無視するスキルは持ち合わせていなかった。

「はい、お疲れ様です」

『お疲れ様。そのまま社屋の裏手に回って』

どこからか見られているらしい。

スルーしなくて良かった、と内心震える。

今日はこのまま何事もなく帰路に就くはずだったけれど、連絡手段を手に入れた彼は最強だ。

(走って逃げても、追跡されそう)

逃げ切れる自信なんてないし、捕まったあとの方が怖い。

通話の切れたスマホを握りしめて、言われたとおりに建物沿いに回り込む。

角を曲がっても彼の姿は見えない。どうしたものかと足を進めていると、地下駐車場入り口に差し掛かったところで、強く腕を引っ張られた。

「お疲れ」

「ふくしゃ……」

引き込まれたのは、地下駐車場入り口の陰。

駅とは真逆の道路にはほとんど人はおらず、陽奈美が姿を消しても誰も気づかない。

周りの目を潜り抜けた場所で、賢正は陽奈美に深く口づけた。

壁際に追い詰められ、腰を引かれた体は彼の腕に体重のほとんどを預けていて、自立できない。

息苦しいほどに舌を差し込まれて、酸素を奪われる。

そうなると思考が鈍るのは当然で、陽奈美の体から力が抜けた。賢正はしめたとばかりに、くたりとした体を自分の車に押し込んだ。

勝手に陽奈美にシートベルトを掛けながら、もう一度軽い音でキスを鳴らす。

真っ赤になる陽奈美の頭を満足そうに撫で、車を発進させた。

「これ、拉致《らち》って言うんですよ。立派な犯罪です」

「ここに来る間に逃げる隙はあったろう。立派に共犯だな」

窺《うかが》った横顔がにやりと口角を上げていて、逃げる隙はあってもその勇気はなかったという反論は飲み込んだ。

何が食べたいかと聞かれて何でもいいと答えると、賢正はまた一見さんお断りの鉄板料理店へ陽奈美を連れていった。

カウンターの鉄板に向かい合う大将は顔見知りだろうに、賢正が連れてきた陽奈美について深く聞くことはなく、おそらくそれが彼がその店を選んだ理由だろう。

信頼を置いている店であれば、噂を立てられることはないのだろう。

強引なところはあるけれど、闇雲に口説きはしない彼の優しさに、守られている気持ちになる。

「もう少し、いいか？」

店を出るまでは、会社では見られないような柔らかな雰囲気でいたのに、車を走らせている途中から段々と切なさを滲《にじ》ませていた彼は、陽奈美の家への分岐点に差し掛かったところで静かに言った。

もちろん陽奈美がここで帰ると言えば、彼は自宅まで送ってくれるのだろう。

だけど、その声があまりに切なそうだから、気を持たせるとわかっていながらも小さく頷いた。

この先何年かかってもいいと言った彼の本気は、嫌でも伝わってきた。

逃れられない。そう思わされるほど。

まだ陽奈美といられることへの喜びを露《あらわ》にした彼の横顔に、今夜の時間を許してよかったと思う。

他にこんな風に彼に扱われた女性はいたのだろうか。クールな彼がこんなにも無邪気さを見せると、他に誰が知っているのだろう。

知らない過去に小さく邪魔をされながらも、嬉しそうな彼に心は温かくなる。

彼は自宅へ招き入れるなり、広い玄関で陽奈美をそっと抱きしめた。

「陽奈美」

優しく囁いて、ようやくといった溜め息を唇の中に吹き込む。

もう何度も重ねたそこは、彼の形を覚えてしまって、熱を馴染ませるのも早い。

熱くなった彼の唇が、頬をなぞって首筋に降りる。

昨夜もくたくたになるほど高みに昇った体は、またその感覚を味わいたくてぞくぞくと震えた。

「あ……」

「陽奈美、好きだ……」

バッグを足元に放り、賢正は陽奈美をベッドまで運ぶ。

こうなることはわかっていた。

帰った方がいいと思いながらも、どうせ逃げられないのなら堕ちてもいいと囁く自分もいたから。

遠慮なく素肌に触れてくる彼の指の熱さに身悶える。

敏感なところを甘えるように撫でられ、その度に悦びの啼《な》き声を上げた。

女としての快感を教えられ、そこに嵌まり始める予感はあった。

「あ、ゃ、……だめ……ッ」

「我慢しなくていい。……イって」

「ンぁあッ」

くちゅくちゅと部屋を満たす水音の中、期待していた高みで悦が弾ける。

一度だけではなく、何度も繰り返し昇らされては、快楽の至高を与えられ続ける。

体のあちこちに彼の想いが刻まれ、その感触のひとつひとつを記憶する。

結局また、ふわふわとした意識のまま、日付が変わる前に自宅まで送り届けられた。

先日と同様、彼が自身を慰めないままだということを薄っすらと思い返しながら、抗えない眠りに落ちた。

＊

以前は、会社で賢正を見かけることはほとんどなかった。

だけどここ最近は、どんなに遠くで他の社員に紛れていたとしても、精度の高いＧＰＳのように見つけることが多くなった。

彼が先か、陽奈美が先か。

必ずと言っていいほど、互いの存在を認識し合う。

(これじゃあ、まるで社内恋愛だわ)

彼からの想いは一方通行のはずなのに、陽奈美も彼を意識してしまうから、端から見れば恋人同士のそれと何ら相違ない。

とはいえ、周囲にバレるのはまずい。

だというのに、陽奈美が社食を使うことを知った賢正は、時間帯こそずらしているものの、連日そのフロアに現れるようになった。

お疲れ様ですとかわしていく社員の波の中、流れに逆らうように突き進んでくる賢正は、純哉の陰に隠れる陽奈美を、熱を持った眼差しで一瞥《いちべつ》していく。

彼にとっては喜ばしいことなのだろう。

しかし、隣の純哉にいつ勘づかれるか、ひやひやしている。

そういったことを面白半分で冷やかすような純哉ではないが、何せ彼は勘がいい。

「最近、副社長なんだか丸くなったよね」

「えっ、そうだっけ……」

「なんというか、すれ違う時？　今までと雰囲気が違うっていうか」

「さあ、どうだったかな……」

かっこよさに磨きがかかっていると乙女のように頬を染める純哉を尻目に、黙々と唐揚げを頬張った。

陽奈美の隣にいれば、彼からの熱視線を間接的に感じていてもおかしくはない。

社内での接触は減らすべきだと賢正に訴えても、きっと口を塞がれておしまいだ。

彼を傷つけるとまではいかないが、中途半端に拒否をすれば、逆に怒らせかねない。そのあとだってきっとなし崩しだ。

陽奈美の行動パターンが割れている以上、それを変えるほかない。

そう思って別の日、たまには外に食べに行こうと純哉を誘い、近くのカフェに足を運んだ。

「僕もここのランチ、新メニュー出たって聞いたから食べたかったんだよね」

純哉もノリノリでついて来てくれてありがたい。

「でしょ、私も気になってて」

晴れた秋の空は、少し前より高くなっていて清々しい。

賢正の目がないのを気楽に思いつつ、秋の風がほんの少し切なさを連れてきたのは気づかないふりをする。

やはり混雑する時間帯。少し待ち時間があり店の外に並んで待っていると、突然名前を呼ばれた。

「三条さん？」

振り向くとそこには、フェミニンな装いの柚子が、友人らしき女性ふたりを連れていた。

「三条さんもランチ？　こんなところで会うなんて、運命みたぁい」

にっこりと可愛らしく微笑む彼女は、陽奈美の隣に視線を移した。

「えっと、そちらはもしかして、彼氏さん？」

まずいタイミングで顔を合わせたなと気まずく思うと、案の定純哉のことを聞いてきた。

「いえ、会社の同僚です」

即座に訂正するものの、柚子はふぅんと気のない返事をする。

（ああ、これは絶対変な風に勘繰っているわ）

「この前はちゃんとお話しできなくてごめんなさい」

「とんでもありません」

親しく話す様子に、彼女の友人らが誰なのかと聞いてくる。

「ええ、先日接待で賢正くんと一緒にいらしていたところに偶然居合わせたの」

若干刺々しく紹介されて、笑顔が引き攣った。

まずいことこの上ない。

純哉の前で、賢正の名前を出されてしまった。

隣でニコニコしている彼から、どういうことなのかという悶々としたオーラが漂ってくる。

「あっ、そうだわ。三条さんって、もしかしてお住まいは黒羽台《くろばだい》？」

一方的にコロコロと話を変える柚子のペースが掴めない。

賢正との話題から逸れたものの、彼女には伝えたことのない陽奈美のプライベートを突如口にされて驚いた。

「はい、実家は黒羽台ですが……」

「やっぱり！　私の兄がその関係に詳しくって」

簡単に個人情報を漏らすその関係とはどの関係なのだろう。

訝しく首を傾げる陽奈美に、柚子は両手を合わせて名案を思い付いたように言った。

「三条さん、連絡先を交換しましょう？　今度ゆっくりお話ししたいわ」

どうしてそうなる。

加賀見家との繫がりは避けておきたいと思っていたのに。

しかも、賢正のことを好いているだろう彼女と仲を深めるなど、トラブルのフラグが乱立しまくっている。

はいっ、とSNSアプリのQRコードを見せてくる柚子。

断る理由も、断れるような空気でもなく、諦めて彼女の宛先を読み込んだ。

「ありがとう。また連絡するわね」

ひらりと優雅にスカートを翻し、柚子は友人たちと去っていった。

終始彼女主導の会話に気疲れした陽奈美は、柚子が案外あっさりと離れてくれたことに安堵して胸をなでおろす。

「陽奈美ちゃ〜ん？」

ほっとしている場合ではなかった。

「さっきの、どういうことかなぁ？　聞きたいことがたぁくさんなんだけど」

目、怖い怖い。

瞳孔と鼻の穴を広げた純哉が、物凄い圧で陽奈美を見下ろしていた。

ひとまず目当ての店に入り、新メニューの冷製トマトパスタをくるくるとフォークに巻き続けながら、ことの顚末を純哉に話す。もちろん恥ずかしい事情は抜きにして。

「……で、求婚されたと」

「そ、そうなるんだけど……。絶対誰にも言わないで、お願い」

「わかってるよ。僕が口堅いの、陽奈美が一番知ってるじゃん」

純哉は男女問わず、色恋沙汰には達観した意見をくれるのだ。

「あれ、加賀見家の娘でしょ。初めて近くで見た」

「純哉、柚子さんのこと知ってたんだ」

「知ってるも何も、うちの副社長の婚約者が加賀見家のニート令嬢って噂だしね」

「え……？」

ニート令嬢という皮肉を利かせた純哉の話に、耳が食いついた。

「陽奈美は男にも結婚にも興味ないから知らなくて当然だけど、副社長本人は公言してないから、出所は柚子嬢かな。でもまあ陽奈美に求婚するくらいなんだから、婚約は噂に過ぎなかったのかもね」

たしかに柚子の彼とのあの距離の近さは、明らかに幼馴染の域を超えていたと思う。

しかも彼女は賢正に気があるのは明らかだ。

「副社長クラスの男なら、仕方ないか」

「なにが？」

「陽奈美の結婚相手だよ。どこの馬の骨ともわからない男なら僕が許さないけど、あれだけ地位も名誉もお金も持ってるんだから、反対する理由はどこにも……」

「ちょ、ちょっと待って、どうして結婚するなんて話になるの」

「しないの？」

「……し、しない」

「交際を断っても、彼諦めないんでしょ？」

「申し訳ないくらいに」

いつまでかかってもいいなんて、そんなわけがないのだ。

彼の時間は有限で、可能性の低いことに彼の貴重な時間を費やしてほしくない。

結婚したいのであれば、柚子なら明日にでも入籍できそうだ。

「陽奈美が怖がる理由もわかるけど、悪い話ではないんじゃないかな。あれだけの優良物件、そういないんだし。もったいない」

純哉は冗談めかしているけれど、軽いノリで言っているわけではないことはわかっている。

彼はいつだって陽奈美の将来を心配してくれているから。

「でも、決めるのは陽奈美自身だからね」

それはそうだと思いながらも、賢正の熱量には押されっぱなしだ。

会うたびに好きだと囁かれて、全身で想いを伝えてくる。

気持ちのいいことが癖になりそうで、それが自分の心を錯覚させているのではないかと身構えてしまう。

そのうえ、結婚なんて考えていないはずなのに、彼に近しい柚子の存在が心の軸に揺さぶりをかけてくる。

わざわざ、ゆっくり話したいと言ってきた柚子。

共通する話題なんて思いつかないのに、彼女にはどんな思惑があるのだろうか。

仕事であったとしても、ふたりでいたことは少なからず彼女に不安を与えたはずだ。

(敵視されるのだけは避けたい)

できるだけ彼女の機嫌を損ねないようにするのが賢明な気がした。

＊

柚子と会った日の夜。

陽奈美は、今日も賢正の車の助手席にいた。

つい数十分前、終業時刻に鳴ったスマホにこそこそと応答したら、昼に社食で会わなかったことを賢正の低い声にブスリと刺されたのだ。

不機嫌な声音の中にわずかな淋《さび》しさを見つけ、指図されるがまま彼の車に乗ってしまった。

乗り込んだ途端、誰に見られているかもわからないのに、賢正は陽奈美の首根を引き寄せキスをした。

「避けたわけじゃないのなら、いい」

ランチの新メニューを言い訳にすると、彼は機嫌を直してくれたようだったが、本当の理由は死んでも言えない。

「すみません、純哉には、流れで賢正さんとプライベートで会っていることを話してしまいました。彼、口は堅いので心配ないかと思いますが」

「構わない。牽制する手間が省けた」

「牽制って、純哉とはそういうのじゃないですよ」

「わからないだろう。いつどう心境が一変するか。本当なら毎日のランチですらやめさせたいところなんだ。だけど陽奈美の友人関係を壊すようなことはしない」

賢正が言うなら、きっとかなりの本気度合でそう思っているのだろう。

彼自身も、陽奈美に対する感情の変化を身をもって知ったはずで、それがわかっているから異性の存在は牽制したいのだろう。

夕食の店をふたりで考えている最中に、陽奈美のスマホが着信を知らせた。

出ても構わないという賢正の言葉に甘え、確かめた着信相手にどきりとした。

(柚子さん……)

賢正がいる前で彼女と話すことに、かなりの抵抗を覚える。

一緒にいるところを知られでもしたら、何がどうなるかわからない。

「あとで掛け直すか?」

隣では話しにくいだろうと気を遣ってくれる。

「はい、あの、じつは柚子さんからで……」

「柚子？」

賢正が不思議に思うのも無理はない。

陽奈美だって、今日あんな場所で彼女に会うとは思わず、まして連絡先を交換することになるとは予想もしていなかったのだ。

躊躇《ためら》っているうちに、着信音が止む。

ほっとするものの、あとで掛け直さないわけにはいかないだろう。

「いつの間に連絡先を教えたんだ」

「今日ランチに出たときにたまたま会ったんです。今度、話をしたいって言われて……」

「話？　陽奈美と何を話すことがあるんだ」

「わかりません」

賢正もまた、彼女の行動に首を傾げる。

彼自身は、柚子の想いに気づいているのだろうか。

聡明な彼が、彼女のわかりやすいアプローチに気づかないほど鈍感なわけがない。

そして、陽奈美と話したがっている理由も、彼は勘づいているのではないか。

「彼女と会うのなら、俺も行く」

「え!?　それは困ります！」

「どうして」

「そ、それはだって……」

賢正のことが好きな柚子の前に彼とともに現れるなんて、盛大な当てつけもいいところ。ありとあらゆる妬み嫉みの感情を全力でぶつけられること請け合いだ。

そんなこと少しだって望んでいない。

「陽奈美ひとりで行かせるのは心配だ」

「心配するようなことは何もないですよ。お話しするだけなんですから。それに、交友関係に口を出すようなことはしないんですよね？」

思案した賢正は、わかったと渋々納得する。

後日、淋《さび》しそうにしていた賢正に、柚子と会う場所だけは伝えた。

賢正は必ず迎えに行くと言って、そこだけは絶対に譲らなかった。

＊

柚子主導で取り決められたのは土曜のランチ。

昼食にしては高すぎる高級ホテルのビュッフェに誘われて、陽奈美は気後れした。

腐っても資産家の娘だ。みっともない格好はしていけず、普段着よりも少し背伸びしたワンピースを着てみたものの、気分は少しも乗らなかった。

待ち合わせ場所は自宅近くの駅前。迎えに来たのは柚子の付き人が運転する黒塗りの高級車。

周囲の目を引きつつ乗り込んだ車の中には、柚子だけではなく取り巻きのふたりも一緒にいた。

聞いていない話に首を傾げるが、仲のいい三人は陽奈美にはわからない話をして盛り上がっている。

(これはもしかして……)

おかしいと思ったのだ。

話をしたいというのは、友達になりたいというわけではないようだ。

早くも帰りたいと思いながらも、到着した高級ホテル。

何度も来たことがあるという三人は、陽奈美のテンションの低さに気づかず、楽し気に中へ入っていった。

さすがの陽奈美も、ランチに高級ホテルを利用したことはなく、ロビーにぶら下がるシャンデリアの大きさに圧倒される。

「陽奈美ちゃん、こういうところはあまり来ないの?」

「ビュッフェレストランはありますす。高級ホテルってなかなか来る機会がなくって、きょろきょろしちゃいますね」

「可愛いのね、陽奈美ちゃん。そうそう、ここのフォアグラのオムレツはおすすめだよ」

「そうなんですね」

三人で話していたかと思えば、柚子はようやく陽奈美に気づいたように話しかけてくる。

思い思いの料理を皿に盛り、予約されていたらしい窓際の席に着く。

柚子が勧めてくれたフォアグラのオムレツは、なるほど言われたようにとてもおいしかった。

なかなか会話に入れないまま食べ進めていると、取り巻きのひとりが柚子のネックレスに気が付いた。

「あ、これ？　パパは買ってくれないから、おじいさまにおねだりしたの」

「ついこの前、バッグも買ってもらってなかった？」

「柚《ゆず》、新作に目がなくて。すぐ欲しくなっちゃうんだよねー」

まさに純哉が言っていたニート令嬢らしく、家の脛《すね》を齧《かじ》りまくっているらしい彼女たちの話に笑顔が引き攣る。

柚子以外のふたりもまた、婚約者もしくは夫にあれやこれやと甘え放題のようだった。

「陽奈美ちゃんは？　そのバッグ可愛いよね、どこで買ったの？」

たまに話を振ってくる柚子。

高級志向の彼女にとって、ハイブランドのロゴが見当たらないバッグは珍しかったのだろう。

夏前にセレクトショップで見つけ、デザインが気に入って買ったものだ。

それを伝えると、友人のふたりがくすくすと馬鹿にしたように笑ったのがわかった。

あからさまな反応に、なぜか恥ずかしさとわずかな苛立ちを覚える。

「へえ、柚もそのお店行ってみたいなー」

「え、でもああいうところって仕入れ先がわからないんでしょう？　怖くない？」

棒読みの柚子の言葉と、見下すような友人の物言いに、カチンときた。

目に見えてわかる感覚の違いに、楽しさなど欠片《かけら》も感じられない。

それ以上の話は膨らまず、デザートにと取ってきた可愛らしいスイーツを頬張った。小さなイチゴのタルトは、純哉なら喜びそうな可愛さだ。

ふと、賢正はどうだろうと思う。

甘いものを口にしているところを見た事がないから、わからない。

(お母さんの作ったジュレは美味しいって食べてくれたっけ)

彼との食事を思い出しながら、あの時間は緊張こそあれど、気を遣うようなものではなかったと気づく。

彼が陽奈美を気遣って話しかけてくれたからだ。

「彼、こういうとこ一緒に来てくれないんだもん。お腹に溜まるものがないって」

「うちの人もそうだよ」

「でも柚子は、賢正さんなら文句言わずに来てくれそう」

「ええ、どうかなー。賢正くんは甘いの苦手だから」

急に聞こえた彼の名前にどきりとする。

柚子は賢正の好みをよく知っているらしい。

彼は柚子とは祖父同士が旧知の仲だとだけ言っていたが、家族ぐるみで仲がいいのなら自然なことかもしれない。

しかし、彼女たちの話を聞いていると、どうもそれだけの関係にとどまらない感じがする。柚子と賢正をセットにして考えているようだ。

つまり、ふたりの関係は友人たちも認める間柄。

家族同士の関係以上のものとなると……

「スイーツを作るのも好きなんだけど、賢正くんが苦手なら、やっぱり普段の食事に力を入れないとね」

週に一回の料理教室に長年通っているという柚子は、彼のために腕を磨いているという。

ぼんやりとしていたものが、彼女の話によってくっきりとしてくる。

そしてそれを決定づけるような言葉が突如として聞こえ、陽奈美を震撼させた。

「まだ結婚は先になりそうなの？」

「うん。今、会社が一番大事な時だって言ってたから、もう少し先になるかな」

(結婚……？)

知らない話が目の前で繰り広げられる。

自分のいる世界線とは違うのだろうか。

(誰と、誰が……)

「賢正さんはお忙しい人だからね。でも、あんなに素敵な人が旦那様になるなんて羨ましい」

「本当だよ。うちの人も優しいんだけど、顔はタイプじゃないもんなー」

「ええ、それ酷くなーい？」

あはは、と笑う友人たちの声が、遠い場所で響いている。

どうやら、賢正と柚子はこの先結婚をするという話をしているらしい。

（どういうこと……？）

柚子は誰と結婚すると言っているのか。

耳に情報は入ってきているのに、頭の処理が追い付かない。

わけがわからなくなり、きちんと座っているはずなのに眩暈《めまい》に襲われる。

「陽奈美ちゃんは？　花嫁修業っていうか、そういう準備みたいなのってやってるの？」

急に話を振られて、はっとする。

花嫁修業という自分と縁のない言葉はとりあえず否定した。

「い、いえ、私は……」

機械的に口に運んだタルトの味がしない。

賢正が自分に伝えてくれたあの言葉は、一体なんだったのか。

（柚子さんは結婚の予定があるの？　……賢正さんと？）

母たちに仕組まれたとはいえ、先日陽奈美と見合いをしようとしたのは何だったのだろう。

「陽奈美ちゃんは、どこかのご子息とのご縁談は受けていないのかしら」

「……特にそういった話はなくて……」

「そうなのー？　でも黒羽台の三条さんって言ったら、随分な資産家なんでしょう？　いいお話なんてたくさんありそうなのに」

大げさに驚く柚子は、陽奈美に可哀そうだという目を向けてくる。

「でも、お仕事なんてしてて偉いよねー。柚には絶対無理だよー。何すればいいかわからないし」

「でも、結婚しちゃえば辞めるんでしょう？　結婚までのちょっとした社会勉強だよねー。じゃなきゃ、働く意味なんてないもの。疲れちゃいそうだし」

そんなに驚くようなことかと、こっちの感覚がおかしいのかとさえ疑う。

仕事は生きるための手段だ。

この先何があっても、ひとりでこなせるように。

「仕事を辞めるつもりはないんです。結婚も、考えてなくて……」

「えーっ、嘘ぉ！　結婚は女の最大の幸せなのに⁉」

結婚が女性の最大の幸せだなんて、誰が決めたのだろう。

彼女たちに、陽奈美の価値観を話してもおそらく通じない。

「私も無理かなー。働いてたら何もできないよねー。美容院もネイルも、行く時間限られちゃいそうだもん。陽奈美ちゃんってちょっと自虐趣味あるのかしら」

信じられないという表情で嗤う友人。

今日初めて会った人に、どうしてそこまで言われなければいけないのだろう。

これ以上、自分の話はしない方が身のためだ。何を言っても、伝わる気がしない。

「でもでも、ウエディングドレスは女の夢だよね」

話の流れを変えようとしたのか、柚子が両手を合わせて話し出す。

「柚、どこでドレス作るかは決めてるんだけど、いつになるかわからないからなかなか発注できなくてー」

「私はもうデザインまで決まってるわよ。あとは当日まで体型の維持頑張らなくっちゃ」

「いいなぁ。賢正くんも、お仕事早く落ち着いてくれたらいいんだけど」

話を逸らしてもらえたことに感謝しつつも、世界線の違う話に陽奈美が入る余地はない。

コーヒーに相手をしてもらっていると、なぜ自分がここにいるのかわからなくなる。

「あっ、陽奈美ちゃんには関係ない話しちゃってごめんね。そうそう、陽奈美ちゃんのおうち、別荘を持ってるんでしょう？　今度行ってみたいなー」

加賀見開発の娘であれば、調べることは容易いらしい。

個人情報をやすやすと口にするデリカシーのなさに、あきれ果てる。

自分が誘った手前なのか、いちいち陽奈美に話を振ってくる柚子。

もうこれ以上彼女たちと話すことはないのに。

「お招きできるような立派なところではないので……」

「でも、賢正くんの別荘の近くなんでしょう？　あの辺りは凄く立地がいいはずだよ。景色もいいし」

柚子の口ぶりで、彼の家の別荘に行ったことがあるのだとわかる。

家族ぐるみの付き合いであれば当然だが、胸の奥に何かが重く圧し掛かってくる。

「へぇ、別荘なんて持ってるんだね。意外」

隣の友人が馬鹿にしたように言う。

どうかその口を閉じてくれないだろうか。

いや、それより、一刻も早くここから離れたい。

そんな陽奈美の心情を読むかのように、傍らに置いていたバッグから、着信音が聞こえてきた。

救いの手を差し伸べてくれたその音に、息苦しさの解放を求める。

「すみません、ちょっと」

「うん、いいよ。こっちは気にしないで」

急いで席を立ち、自分を救ってくれた着信相手に感謝しつつ、画面を確認する。

そこに表示されていたのは、賢正の名前だった。

たまらない安堵と同時に、込み上がってくる切なさ。

何も無いと言った柚子とは婚約の話があったのだ。

それなのに、彼が陽奈美を好きだと言ったことは一体何だったのか。

結婚するなら、賢正には柚子のような女性が相応しいのではないか。

彼の帰りを待ち、健気に尽くすことができそうな可愛げのある人の方が、きっと彼の支えになるはずだ。

今こうやって見えないところから陽奈美を救ってくれることも、彼の将来には余計な時間だ。

自分はこの先もひとりで生きると決めているのだから、彼の手を煩わせる必要なんてないのに。

言いたいことはたくさんあって、ビュッフェ会場の外で壁に向かい着信に応答する。

『もしもし、陽奈美？』

通話ボタンを押したものの、声を出せなかった。

『陽奈美、どうした？』

彼の声があまりに優しくて、心からのものだとわかるから、泣きそうになる。

「……いえ、大丈夫です」

随分間を置いて返した声は自分でも弱々しいと思った。

『何かあったのか？』

賢正にも陽奈美の様子がおかしい事は伝わったようで、心配をかけてしまう。

「大丈夫です。何も……」

優しい声音に、荒《すさ》んでいた心が安堵に包まれる。

『今どこにいる？　迎えに行く。まだホテルか？』

この人は陽奈美のことをどこからか監視でもしているのだろうか。

「いえ、大丈夫です。わざわざ申し訳ないです」

優しさに甘えそうになるけれど、彼は柚子の婚約者なのだから、柚子がいる場所に陽奈美を迎えに来るなんてあってはいけないことだ。

「すみません、もう戻りますので」

『陽奈美』

「失礼します」

優しい彼を突き放すように、強制的に電話を切る。

鼻の奥が痛むけれど、これは自分で乗り越えるべきことだ。

これがひとりで生きるということ。

スマホを仕舞い、柚子たちのいる席へ足を向ける。

遠くからでもわかる楽しそうに笑い合う三人の輪には入りにくく、これ以上ここに居る意味もないように思えた。

「申し訳ありません。急用ができてしまって、これで失礼します。今日はお誘いくださってありがとうございました」

「もう帰っちゃうの？　まだ時間あるのに」

「また次の機会にお願いします」

「ざんねーん。今度別荘に招待してね」

いいとは言えずに、曖昧に笑って誤魔化す。

失礼しますと頭を下げ、踵《きびす》を返した直後に、笑い声が聞こえた。残念と言った割には陽奈美などいなかったかのような三人の声が、背中に惨めさを投げつけてきたようだった。

無性に苛立ちが湧く。

何のために誘われたのかわからない。

柚子以外の友人がいるとは聞かされていなかったし、仲良くしたいと言っていたのに疎外感を味わわされた。

唇を引き結び、毅然としてホテルを出る。

タクシーを拾いたかったけれど、待つ時間すら惜しいほど早く柚子のいない場所へ行きたかった。

駅へ向かう足は速くなる。

よそ行き用のヒールが食い込んでつま先が痛い。

カツカツと地面を蹴る音に、自分の心境がよく表れている。

陽奈美がいなくなったあの場で、彼女たちは何を話しているだろうか。

陽奈美の態度がどうだとか、価値観がどうだとか、いいように言われているかもしれない。

普段はこんな卑屈なこと、思ったりしないのに。

(来なきゃよかった)

今になって、賢正がついて来ると言った理由がわかった気がする。

彼は柚子の性格をわかっていたのだ。

婚約するほどの仲なのだから、彼女がどんな態度を取るのか把握していたに違いない。

それもまた、陽奈美を苛つかせる。

胸の辺りがぎゅっと締め付けられ、唇を噛み締めないと悔しさが溢れそうだ。

そう、悔しかったのだ。

自分の選んだ道を馬鹿にされたようで。

被害妄想かもしれない。

だけど、彼女らにとって社会に出て働くことは、なんの意味もないことなのだろう。

それはそうだ。働かなくても生活出来ているし、欲しいものだって簡単に手に入る。

結婚さえすれば、その生活は無事に延長されるのだ。

人それぞれ価値観は違って当たり前だが、彼女たちは自分たちの価値観でしか物事を測れないんだろう。

自分たちと違えば、それは変わった生き方をする変人と見なすのだ。

そんな思考の彼女らと関わる必要は無い。

元々接点なんてなかったのだから、元に戻るだけだ。

そして、彼とも……

彼のことを嬉しそうに話す柚子の顔を思い出して、息苦しくなる。

賢正に相応しいのは柚子だ。

今昏を解放すれば、嗚咽が漏れる。

彼は陽奈美を好きだと言った。婚約者がいるのに。

彼は結婚しようとも言った。柚子を差し置いて。

頑なに心を守ってきてよかった。

彼を好きになる前に気づけてよかった。

そばにいることが当たり前になる前で、よかった。

深く傷つく前に、離れるきっかけが出来て、よかった。

嫌なことも前向きな考えに変えられるくらい、社会の波に揉まれてたくましくなれた。

大丈夫だ。顔を上げていれば、また楽しく自分なりに満たされた日々を送れるようになる。

頭を切り替えるように視線を上げると、駅のロータリーの一角に一際目を引く人物を見つけてしまった。

心臓がどくりと大きく脈打つ。

一目見ただけで、喉の奥からせり上がるような安堵の感情が涙を連れてくる。

だけど、その場にピタリと足を止め、動けなくなった。

これ以上彼との距離を縮めたら、自分がどうなるかわかるから怖いのだ。

できることなら、もう会わずに彼からフェードアウトしたかった。

なのに、思うようにいかない。

遠くにいても、互いの存在を見つけるのはいつものことで、今回も例に漏れず彼は陽奈美を見つけて目を細めた。

縮まる距離に、感情が揺れるのを抑え込むので必死だ。

逃げだしたいのに、体が動かない。

「陽奈美！　良かった、会えて」

心からの嬉しさを伝えてくる彼に、溢れそうになる感情を俯《うつむ》いて堪えた。

「……どうして……？」

「うん？」

「どうしてここにいるんですか」

「あのホテルの最寄りならここかと思ったからな」

「私がここに来るとは限らなかったじゃないですか。タクシーで帰ったかもしれないのに」

「ああ、まあたしかにそうだな」

「すれ違ってたら、どうするつもりだったんですか」

「それならそれで、探すつもりだった」

「どうしてそこまで……」

「会いたかったからに決まってるだろう」

ズルい男だ。

陽奈美が無意識に欲しがっていた言葉をくれる。

だけど陽奈美は、彼の本心がわからなくて耳を塞ぎたくなる。

どの口がそう言っているのか。

胸が苦しくて、せっかく上げた顔を俯《うつむ》かせた。

「このあとはどうする？　週末は実家に帰るんだったか」

「今日はもう、マンションに戻ります」

「何も予定がないなら俺と……」

「すみません、今日は……」

声のトーンも上がらない。

苦しい。

「陽奈美」

そんなに優しい声で呼ばないでほしい。

醜い感情が、押し出されてしまう。

「婚約、なさっていたんですね」

「え？」

息苦しく胸に溜まった苛立ちが口から零《こぼ》れてしまった。

「柚子さんと、婚約なさっているんですよね。なのに、こんな……」

吐き出すばかりで、息をちゃんと吸えない。語尾が震える。

「柚子がそう言ったのか」

「はい、とても幸せそうになさっていましたよ」

深呼吸までも震わせながら、心に沈殿していた部分を吐き出した。

「賢正さんは、私を愛人にしようとしていたんですか？　私はそんな軽い女だと思われていたんでしょうか」

「それは違う。そんなわけない」

「働いている女は、自虐趣味があるんだそうですよ」

「陽奈美、場所を変えよう」

「真剣に将来のことを考えているのに、そんな言い方されるなんて心外でした」

一度零《こぼ》し出したら止まらなくなる。

八つ当たりをするように、彼女たちから与えられた屈辱を賢正に投げつける。

「ひとりで生きようとする女はみっともないんでしょうか」

「陽奈美」

「賢正さんだって、柚子さんみたいな女性らしい人となら……」

「陽奈美！」

強く名前を呼ばれて、びくりと肩を飛び上がらせる。

はっとして彼を見上げると、悲しそうに眉を寄せた顔に切なさが込み上げる。

「行こう。見られてる」

そう言われてようやく、周囲の目が集まっていることに気が付いた。

「すみません……」

優しく肩を抱かれて、ロータリーに停められていた車に乗り込んだ。

＊

「柚子が失礼なことをしたみたいで、申し訳ない」

どうして賢正が謝るのか。

それだけ柚子とは近い距離にあるということだ。

車窓に投げたままの視線を彼の方に向けられなくて、隣にいるのに遠く感じる。

「彼女とは婚約しているわけじゃない。向こうが勝手にそう思い込んでいるだけだ」

思い込みにしては、随分と現実的な話をしていたように思う。

「ただ、一度そんな話が出たことは事実だ」

やっぱりそうなのだと頭が重くなる。

「陽奈美と出会う前の話だ。加賀見の今の会長は柚子の祖父で、俺の祖父と旧知の仲なんだ。家族ぐるみの付き合いをしているし、柚子のことは幼少のころから知っている」

そんなにしっかりとした親交があるのなら、婚約の話が出たことも自然な流れだったのだろう。

「俺と柚子を結婚させようと言い出したのは、祖父たちだ」

最高権力者のふたりの進言なら、そうなってもおかしくはない。

「だけど、祖父同士の仲が良いからといって、その子どもが意気投合するかと言ったらそうじゃない。孫も同じく、だ。柚子とは幼馴染ではあるけれど、それが上手く男女の仲に発展するとは限らない」

「でも柚子さんは、賢正さんのこと……」

自分で口にして、勝手に胸が痛みだす。これでは柚子の言う通り自虐趣味だ。

ひとりで生きていこうと必死な女は、賢正のようなグレードの高い男にも痛ましく見えるのではないだろうか。

柚子のように、甘え上手な女の方が可愛いに決まっている。

男とか女とか、そんなことを考えるのがこんなにカロリーを使うとは思わなかった。

おかげで自尊心がどんどん削られていく。

これまでにない心の疲弊が思考を鈍らせ、ネガティブになっていった。

「彼女には申し訳ないけれど、俺はその気はさらさらない。父も母も、それは同じだ。じゃなきゃ、俺たちの見合いなんて企てないだろう？」

赤信号で止まったところで、賢正は膝の上でバッグを握りしめる陽奈美の手を優しく包み込んだ。

心に染み入るような温かさに、傷ついた部分が痛みを和らげる。

「俺は、陽奈美が好きだ。柚子の話は真に受けなくていい。俺の声だけに耳を傾けていて」

何度も何度も、賢正は陽奈美への想いを口にする。

そのたびに恥ずかしさに苛まれ、対処がわからず狼狽えてしまう。

全身で気持ちを伝えてくれる彼に、疲れた心も頭も、何もかも委ねてもいいと思わされる。

だけどそうなってしまったら、もう手放すことができなくなるのではないだろうか。

この手に甘えることが当たり前になったところで、彼がもしいなくなったら、もうひとりで立つことはできなくなりそうで、怖い。

「すみません、私……」

握り返せない手できつく拳を作る。

ひとりで立っていなければ。

(私はきっと、強く生きられなくなる)

「……今日は、帰ります……」

まだ引き返せる場所にいる。

こんなことくらいで彼の手に甘えるなんて、そんな弱い女なんかではないのだから。

「だめだ。このままうちに連れて帰る。君をひとりにはしない」

力強く包まれた手が、青信号に従って惜しくも解かれる。

かと思えば、外を向いていた頭が引き寄せられ、労わるような優しいキスが頭上に落とされた。

彼の想いを感じる行為に、冷え切っていた胸が仄《ほの》かな熱を灯す。

そのまま彼は、陽奈美のマンションとは逆方向へ車を発進させた。

「帰ったところで、どうする。今日のことを思い出して、ひとりで耐えるのか」

「寝て起きたら、きっと忘れています」

「忘れていなかったら？」

「日曜にどこか気の晴れるところに出かけます」

「俺には頼らないのか」

「賢正さんにそんな……」

「俺は頼りないか？」

滅多に聞かない切ない声音に、驚いて隣を見上げた。

「そんなことは……」

「彼になら、頼れるのか？」

真っ直ぐに前を見たままの賢正の瞳に、嫉妬とは違う悔しさのようなものが揺れた気がした。

「彼は君のなんだ？」

明確な嫉妬を見せる相手は、純哉だろう。

賢正は、彼を警戒している。

だけど純哉は仲の良い友人なだけで、それ以上の関係があるとするなら、異性というより兄妹に違いものだ。

陽奈美にとってはそうなのだけれど、賢正にすれば敬遠すべき相手なのだろう。

「彼というのが純哉のことなら彼は学生の頃からの友人です。本当にそれだけで……」

「その友人の彼になら、今日のことを話すのか？　家に帰ったら彼に電話するのか？」

もしかしたら、そうするかもしれない。

ある程度の事情を知る純哉なら、いい相談相手になってくれるはずだ。

でもそれが賢正に劣等感を与えているのだろうか。

賢正にも対等に張り合う相手がいるのだと感心するが、お門違いだ。

純哉は賢正の恋敵になり得ない。

「それはわかりません」

「俺が今ここにいても、君の慰め役としては力不足なのか」

「そんなことは……」

こんなに弱気な賢正を見たことがない。

いつだって自信に満ち溢れていて、誰もが委縮するような雰囲気を漂わせているのに。

「見合いの席では結婚はしないと言っておいて、都合がいいというのもわかっている。だけど、俺は陽奈美が好きだから。この気持ちは信じて欲しいし、君が安心して頼れる男になりたいと思っている」

都合がいいなどとは思わない。

行き違いがあったけれど、誤解が解けたらこんなにストレートに想いを伝えてくれた。

きっとこの手に甘えてしまえば、幸せに溢れた日々が陽奈美を満たすだろう。

だけど……

「私には、もったいないです」

そう、その手を欲しがる女性は他にもいる。

もっと彼の頼もしさを必要とする人に心を注ぐ方が、彼の心も満たされるのではないだろうか。

自分はひとりで生きる術を身に付けた、守り甲斐も可愛げもない女だ。

「俺は陽奈美だから守りたいと、頼られたいと思うんだ」

卑屈になる陽奈美を、賢正はその不安ごと包もうとする。

「もったいないと思わせるほどの器量があるなんて思ってないけれど、頼りないと思われているのなら、俺は君に認めてもらえる男になるから……今日は俺といてほしい」

溢れるほどの想いを丁寧に言葉にしてくれる彼に、傷ついていた心は現金なほど温かくなる。

イエスともノーとも言えなくなった陽奈美を、彼はそのまま黙って自宅マンションに連れ帰った。

「グレープフルーツのジュレは美味かった。陽奈美も作れるのか？」

もう何度も足を運んだ賢正の部屋で、陽奈美を抱きしめた彼は唐突にそう言い出した。

ランチの合間に抜けてきたから陽はまだ高い。

昼食は足りたのかと言われて、あまり食欲はないと答えると、彼は思い出したように言った。

「作れないことはないですけれど、母のものと同じ味が出せるかどうかは分かりません」

「グレープフルーツを買っておいたんだ。一緒に作ろう」

さっきまでのヒリヒリした雰囲気を打破するように、柔らかく目を細める賢正。

突けば途端に溢れそうだった目元の水気は、いつの間にかすっかり落ち着いていた。

あのまま自宅に戻っていたらどうなっていたかなんて、賢正にもお見通しだっただろう。

「ゼラチンはありますか？」

「いいや。そうか、ジュレだとそれがいるんだな」

分量がわからず、ネットで調べようとソファに並んで賢正のタブレットをふたりで覗き込む。

特別なことなんてない、日常を切り取ったような時間が、これまでもあったかのように自然な雰囲気。

この先も、ずっとこうやって彼との時間が続いていくような、そんな夢を見ているみたいだ。

ひとりで生きていこうと決めていたのに、彼と生きる未来をシミュレーションしているようなこの時間が気恥ずかしく、同時に怖くもある。

タブレットを見つめて真剣に材料を確認する彼の横顔を見つめる。

こんなに自分を想ってくれているのに、素直にそれを受け止められない自分が情けない。

賢正の言うことなら、すべて形になると思わせてくれる度量があるとわかっているのに。

気持ちに応えられない切なさが苦しくて、彼を見る目が少し潤んだ。

すると、陽奈美の視線に気づいた彼が、タブレットから目を上げた。
彼の瞳に映る自分を見つけて、この時間が永遠であればどんなにいいだろうと思った。
終わりがあるとわかっているのに、それでも幸せを感じずにはいられなかった。
逸らせず、見つめたままの彼の双眸が瞼に隠されながら傾く。
馴染みになった予感に、陽奈美も彼に倣《なら》い目を閉じた。
間もなく重なる唇。
互いの気持ちを重ねるようなキスに、心がとろけて熱を持った。
音もなく離れた彼を目で追う。
視界いっぱいに見えた賢正は、口元を緩めて柔らかく微笑んでいた。
初めて見る柔和《にゅうわ》な表情が、熱くなる心を鷲掴みにする。
言葉がなくても伝わる想いというものを初めて知った。
心臓が普段と違う音で高く鳴り響く。
胸の奥から込み上げてくる熱いものに押されて、泣きそうになった。
さっきまでのことはもうなりを潜めていて、悲しいわけじゃない。
傷つけられた自尊心は、彼が包んでくれたから痛みはない。
それなのに、目元に滲《にじ》んでくるこれは何なのだろう。
「陽奈美?」
せっかくの笑みを心配に変えてしまった。

「す、すみません……」

それを見せないように慌てて俯《うつむ》くと、賢正の手が頬を掬《すく》い再度視線を合わせられた。

賢正はもう一度優しいキスをしてから、ぐっと肩を抱いた。

額を寄せた首筋から、甘い囁き声が送られる。

「俺の初恋は陽奈美なんだ。君以外の女性に魅力を感じなかったのは、あの日からずっと心の隅に君がいたからだ」

泣き出しそうな陽奈美の心情を読み取り、傷を癒そうとしているのだろう。

「今やっと、改めて思った。陽奈美が好きなんだ、ずっと……。これからも、それは生涯変わらない」

彼の想いが、傷口を埋めるように入り込んでくる。

これまでも何度も口にされたはずなのに、今回は直接心に染み込むのがわかった。

「あの頃と変わらない純粋な君が好きだ。自分の足でしっかり立って生きようとする君の強かさが愛おしい。だけどその裏に、脆くて繊細な部分があるのを知ってしまったから、もう俺は君をひとりにすることはできない」

その言葉通りに、彼は陽奈美を両腕でしっかりと抱きしめる。

「大切なものを失くしてしまうことが怖いなら、どうすればそれを和らげられるか、一緒に考えよう。君の心が俺を頼ってくれるまで、そばにいるから」

なんて力強い言葉だろう。彼は生涯をかけようというのか。

賢正が言うのだから、それは本当に叶えられるのだろう。

そして、彼の腕に込められる頼もしさに、頑なだった感情が少しずつ融かされていく。

これほど陽奈美を受け入れてくれる人が他にいるだろうか。

誰かに頼ろうともしていなかった頑なさがみるみる解かれて、緩んだ心から熱いものが込み上げてきた。

それが目元から溢れ出る。

「辛かったら、泣いていいんだ。俺がいるから」

「……っ」

はたはたと落ちる雫が、彼の唇に掬《すく》われる。

濡れた唇のままキスをされて、初めて涙がしょっぱいものだと知った。

思えば、父が亡くなった時も、涙を流した記憶がない。

当時は現実味がなかったのかもしれない。

それに、母が陽奈美の分まで毎日毎日泣いていたからだろう。

だけど、ずっとそばにいた家族が突然いなくなった悲しみは、陽奈美の心にたしかな傷をつけていた。

それをなるべく見ないようにと、今まで精いっぱい虚勢を張っていたのだ。

そして今、見て見ぬふりをしていた部分が、彼によって暴かれていく。

少しずつ深くなるキスが、陽奈美の心の深層まで潜ってくるよう。

伸ばされた舌は、心を撫でるように柔らかく蠢《うごめ》き、陽奈美を抱く腕は全てを受け止めるために強く締め付ける。

熱い彼の舌は心地がいい。

陽奈美を性的に欲しているとわかるけれど、慈しみが込められているから。

ゆっくりと咥内を撫でられて、交じり合う粘膜がとろとろと思考を融かす。

息を継ぐために作った隙間が、たまらなく淋《さび》しくて自ら彼を強請《ねだ》った。

その思いを汲んだ彼は、今度は情熱を込めて口づけをする。

とろけた咥内はすぐに彼を受け入れ、交わりを深めた。

舌を擦り合わせ、絡み合う。

それだけでは飽き足らず、彼は陽奈美の体を自身に取り込もうとさらに腕を強めた。

密着したまま、彼に埋もれてしまいたいと思う。

どうすればもっと、心を近くに寄せられるだろう。

キスだけじゃ足りなくて彼にすり寄った。

引かれるかもしれないという思いが過るが、きっと彼はそれすらも受け入れてくれる。

「陽奈美……」

肩の上で震える溜め息を吐いた賢正。

精一杯の理性が彼を押し止めているのだ。

「……抱きたい」

ダイレクトな言葉が、途端に夢見心地から引き上げる。

これまでどれだけ自分を律していたのかがわかるほどの懇願が滲《にじ》んでいた。

もう離れることができなくなるかもしれない。

そうなるとわかっているのに、彼を受け入れずにはいられなかった。

陽奈美を覗き込む賢正の目には、ぎりぎり押し止められている情欲が燃えていた。

それを消してしまうのは惜しいと思った。

そのまま滾《たぎ》るような熱情を注ぎ込んでほしい。

言葉にしない思いを眼差しに乗せると、彼の瞳がゆらりと揺らめいた。

返事を口にせずとも、思いは届く。

そっと唇を重ねて、意思を伝えた。

連れてこられた寝室は、カーテンが掛かっていても明るくて、途端に恥ずかしさが込み上げる。

さっきまで荒《すさ》んでいた心は、みるみる女の欲で潤おっていく。

「陽奈美」

後ろからぎゅっと強く抱きしめられ、震える彼の声が切ない。

そんな彼を慰めたくて振り向くと、彼の唇に口を塞がれた。

キスをしながら、背中のジッパーを下ろす彼の手に、ぞくりと体が期待に震える。

足元に落ちたワンピースが、官能的な空気を巻き上げた。

下着だけを身にまとった恥ずかしい格好をしているのに、彼とのキスで羞恥を誤魔化している。

わざと音を立てるキスに、快楽が煽られていた。

これまで何度も触れてきたはずなのに、彼の手のひらは初めての行為を思わせるように繊細に胸のふくらみを包む。

「ん……」

ゆっくりと下から揉み込まれて、ささやかな感触に身を捩った。

指の間に挟まれる乳房の頂が、徐々に悦情を滲《にじ》ませ尖りを見せる。

そっと剥ぎ取られたレースから顔を出した先端は、固さを極めてそそり立っていた。

翻された体を見つめられ、ようやく羞恥が込み上げてくる。

「好きだ、陽奈美」

そう言った彼は、もう一度深くキスをすると、陽奈美をベッドに横たえた。

口づけを施しながら、固くなった先端を指先で弾く。

「んっ、っ、……っ」

意地悪に弄《いじ》られ、敏感な部分だけに快感が集まる。

それなのに、下肢へと流れる微弱な電流が、体をひくひくと悶えさせる。

それを見かねた賢正は、唇を下降させ、とがり切った先端を口に含んだ。

「んぁっ」

指で弄《いじ》られるよりも強い快感が胸を襲う。

強く吸い、意地悪に離される。

「や、吸っちゃ……」

「嘘、気持ちよさそう」

「あんっ」

両方の先を交互に吸われてさらに張りが増す。

形を確かめるように揉み込んでいた彼の手は、するすると何かに導かれるように下肢へ降りていく。

「ふ、……ぁ……」

予見できる快感が先行して、まだ彼を知らないはずの子宮の奥を疼かせる。

もじとすり合わせた太腿が優しく開かれ、潤いを帯びたショーツの中へ彼の指がぬるりと滑り込んだ。

「ああっ」

簡単に彼を取り込む秘処の泥濘《でいねい》。

すでに鋭敏さを極めていて、彼を感じるのは容易かった。

指の腹で膨らむ秘種を擦り上げられ、意識が飛びそうなほどの快感を味わう。

「あっ、んぁっ」

ゆっくりと捏《こ》ねられ、真っ直ぐに絶頂への道筋を掴まされる。

何度も味わった快感は体に染み付いていて、条件反射のように達するまでのプロセスをなぞり、体はあっという間に絶頂に達した。

大きく引き攣った体を賢正は優しく抱きとめてくれる。

痙攣《けいれん》が治まる間もなく、彼は優しさの中から貪欲な情欲を覗かせ、ひくつく膣へと指を差し入れた。

「っ、あ……っ」

ゆるゆると抽挿させる指で、丹念に陽奈美の悦を引き出す。

彼に導かれるがまま、蜜壺からはじゅぷじゅぷと愛涎が溢れる。

手前を強く擦り上げられ、全身に快楽の閃光が飛び散った。

「や……っ、だめ、そこ……ッ」

「ああ、ここが……いい？」

「あぁっ」

おかしくなりそうなほど感じるそこを、賢正は丹念に擦りだした。

「陽奈美、可愛いよ……もっと、啼《な》いて」

「あっ、あぁッ、んぁっ」

リズミカルに与えられる刺激に抗えず、嬌声が舞い上がる。

少し前までは自分がこんな声を出すなんて知らなかった。

女として、男性に愛される悦びが、こんなに幸せなものだとは知らなかった。

この幸せを永遠に味わい続けていいたい。

「陽奈美、好きだ……」

「……っ、んッ……」

激しく想いをぶつける賢正に、体は素直に快感の証を噴き出した。

彼の手にもシーツにも、陽奈美の悦蜜が滴《したた》る。

自分がそこかしこに蕩けて、形を保つことをやめたように力が入らない。

呼吸をすることが精一杯の陽奈美に、賢正は慈しみのキスを落とした。

「こんなに悦んでくれるなんて、嬉しいよ」

彼を喜ばせられたことが、心に安堵を広げる。

もう本当はわかっているのだ。

こんなふうに彼から愛されることが、心の安寧を保つ糧なのだと。

いくらひとりで生きると決めたとしても、母の言うように淋《さび》しさは拭えないと。

「賢正さん……」

「うん？」

頬を撫でてくれる手があたたかい。

全てを晒《さら》し、これ以上ないほど近くで抱きしめてくれる彼の腕の中は、幸せの坩堝《るつぼ》だ。

「賢正さん……」

「うん」

何度も彼の名を呼ぶ。

この一瞬を忘れないように、生涯この幸せを生きる糧とするために。

「陽奈美」

彼が高まった切っ先を陽奈美の待つ場所へと宛てがう。

「……っ」

ほんの少し怖くて身を強ばらせたけれど、彼の優しいキスに絆《ほだ》される。弛緩《しかん》する心の隙に入り込むように、彼自身が静かに割り入ってきた。

「あ……」

「大丈夫か……？」

ぐっと押し広げられる隘路《あいろ》は、彼を取り込むようにキツく絡みつく。

潤滑剤のおかげで痛みは少なく、ゆっくりと押し入ってきた彼を熱く感じた。

「んッ」

「辛かったら、言っていい」

辛くなんてない。

彼に自分の全部を明け渡した開放感が心地よかった。そうして、心に幸せな気持ちが怒涛《どとう》のように流れてきた。

「へー、き……です……」

いい子いい子と大きな手に撫でられる頭。

絶大なる安心感に擦り寄るように彼の広い背中に腕を回した。

「けんせー、さんは……？」

「俺は、気持ちいいよ……すごく」

少しだけ押し上げるようにして、子宮に到着した彼の形を感じる。

「つあ……」

「熱い」

彼を迎え入れた幸福感に涙が滲《にじ》む。

このまま何も考えずに、ずっと彼の中で幸せに浸っていたい。

ゆっくりと来た道を戻る彼に引き攣る肉襞が快感を誘った。

「んん……ッ」

「締まる……」

震える息を吐く彼の快楽がわかり、嬉しかった。

そして、引き返してくる彼を自身の全部で受け入れられていることが、傷ついた自尊感を満たした。

最奥まで来て悦を植え付けた彼は、また引き戻る。

ゆらゆらと互いを感じながら繰り返される抽挿に、体も心も融けていくようだ。

「陽奈美……」

「っ、んっ、ぁ……っ」

気持ちのいいところを知る彼の揺らぎに、快感は絶え間なく押し寄せる。

深く深く、ただひたすらに想いが刻まれる。

忘れたくない。

彼から想われるこの幸福感を、少しも逃さないよう体に焼き付ける。

「好きだ、陽奈美」

「……んぁっ」

耳から吹き込まれる想いも、恍惚の表情で陽奈美を見下ろす美麗な尊顔も。

舌を絡め合い互いを味わうキスも。快感も。

五感の全部を使って彼を感じ、心に刻む。

いつ、離れる時が来てもいいように――

激しさを増す彼の律動に、溢れる愛液がちゅぷちゅぷと甘い音を奏でる。

音の高まりが、快感を押し上げていくよう。

気持ちいいことだけに集中した体も意識も、悦楽の海に融けていく。

「あンっ、あっ、んッ」

「……っ、ひな、……ッ」

ふたりがともに昇り詰めていく。

悦情の解放に向かって、互いの快楽を貪るように絡まり合う。

彼の屹立《きつりつ》が何度も子宮を穿《うが》つ。

眩暈《めまい》を伴う快感がひっきりなしに全身を襲い、その瞬間を迎えた。

「あぁッ、は……ッ、んんっ」

「っ、陽奈美……っ」

彼も限界を突破しようと陽奈美を容赦なく突き上げる。

激しさに振り落とされないよう下肢に力を込めると、彼は苦悶の表情で喘ぎ声を漏らした。

「あぁ、陽奈美……、ん……ッ」

「ッあ、賢正、さ……ぁんっ、あっ」

彼を締め上げるキツさと相まって、高まる快感が酩酊を促した。

それでも律動を止めない彼は、陽奈美を連れて悦楽の高みに駆け上がる。

「あぁ、っ」

「は……ッ、ぁ……っ」

ぐん、と強く最後の突き上げを受けた瞬間に、耐え切れなかった快感が全身を引き攣らせながら弾けた。

「あああっ」

「っく……ン」

それは彼も同時だったようで、最奥に突き立てられた屹立《きつりつ》が大きく脈動するのを、子宮の中で感じ取った。

恍惚に歪む彼の感じる姿を見ていたはずなのに、視界が一気に真っ白になる。

「け、んせ……さ……」

「……陽奈美」

かろうじてつなぎ止めた意識で彼を呼ぶと、ぎりぎりのところで応えてくれる彼に抱きとめられる。

びくびくと脈打つ彼を中に感じる。

ここに彼がいるという安心感を抱きながら、真っ白な世界に身を投じた。

第七章

終業時刻間際。自席の電話に応答すると、相手は瀧だった。

これまで彼との接点はほとんどなかったのにもかかわらず、ここ最近はこうやって連絡を貰うことがしばしばあった。

用件は間違いなく賢正のことで、彼本人と話しているわけではないのに、妙な背徳感に迫られるから本当に心臓に悪い。

『副社長の会議が長引きそうなので、ご自宅までお連れするようにと言われております。地下駐車場でお待ちしております』

だそうだ。

社内の電話でプライベートな会話が出来るわけはなく、あくまで仕事然とした話し方で応じる。

「了解しました。お気遣いありがとうございます」

正直、相手がどちらであっても、社内の人間に見られては困る。

電車通勤の陽奈美が、ほぼ毎日地下駐車場へ向かうのだから、怪しまれないよう誤魔化さなければならず、気苦労が絶えない。

断ることもできるのだが、賢正のあの子犬のような目にまんまと流され、今日も今日とて彼の自宅へ向かうのだ。

純哉のことは警戒するのに、瀧には全幅の信頼を置いているらしい。

聞けば、瀧は高成家に相当な恩があるらしい。詳しいことは話してもらえなかったが、家族として迎えてくれた彼らに生涯尽くすと決めているのだそうだ。

賢正のマンションに降ろしてもらい、瀧に先導される。

鍵まで預かる彼に置かれた信頼の重さは言うまでもなかった。

賢正のいない部屋は本当に広い。

眺めはとてもいいけれど、ひとりで見るのは物足りない。

いつ帰ってくるのかの連絡はないから、恐らくまだ会議中なのだろう。

時間を持て余し、夕飯を作ろうかとキッチンに立った。

自炊できるときは自分で料理をするという彼の冷蔵庫には、ある程度の食材が備蓄されている。

だけど、買い出しをしている姿は想像出来ないから、瀧が管理しているのかもしれない。

冷蔵庫にピーマンとベーコン、チーズがあり、これで何が作れるだろうかと思案する。

こうやって当然のようにここに居るけれど、彼の気持ちにはきちんと答えを出していない、とふと夕食から意識が逸れた。

陽奈美に答えを迫らない彼に絆《ほだ》され、数日前ついに体を繋げてしまった。

彼はきっとそのことすら、陽奈美に少しの非も感じていないだろう。

好きになって欲しいと、ひたすらそればかり口にする。

彼への気持ちはどうなのかと問われたら、嫌いではないとしか言えない。

どうしてもそれ以上踏み込むのが怖くて、誤魔化してばかりだ。

炊飯のスイッチを入れてから、ピーマンにチーズを詰めベーコンで巻いていると、玄関の方からガチャガチャと物音がした。

家主の帰還だ。

勝手にキッチンに立っている心苦しさはあるが、彼の帰宅にほんのちょっと浮かれる自分もいた。

手を洗い彼を迎えようとリビングに出ると、磨りガラスの向こうから賢正が姿を現した。

相変わらずスタイルのいいスーツ姿の彼を拝むと、視界に幸せが訪れる。

「た、ただいま」

「おかえりなさい……」

若干伝わってくる緊張に、返す声が小さくなった。

初めてのやり取り。まるで夫婦だ。

そう考えた途端に顔が真っ赤に茹で上がった。

「君に赤くなられると、こっちまで恥ずかしくなる」

「す、すみません」

見ると彼もまた陽奈美と同じように頬を染め、目も合わせられないようだった。

だけど、一呼吸おいて歩み寄ってきた彼にもう羞恥の色はない。ビジネスバッグを足元に置いて、立ち尽くす陽奈美をそっと抱きしめた。

「今夜は、泊まっていけるか？」

爽やかな香りの中に、甘い成分が紛れ込んでいて、その匂いを知っている体がわずかに熱を上げる。

彼の言葉が何を意味するのか、分からないふりもできたけれど、すでに期待を抱いている本能に抗えず、小さく頷いた。

そんな週末を迎えるのは何度目になるだろうか。

夕飯を終え一緒に後片付けをしたあと、ソファに座って自然と甘い空気になるものもうお決まりになっていた。

賢正はすぐに陽奈美を抱きしめ、唇を寄せる。

上手くなったとキスを褒める彼に、意地悪だとむくれてみせると、彼は嬉しそうにまた唇を合わせた。

啄むようなキスが次第に交わりを深め、離れることが惜しくなるほどの熱を焚き付ける。

彼の気持ちに答えを出していないのに、と躊躇《ためら》いつつも、求められるままに自分を委ねた。

首根を抱えていた彼の手が下りて行くのは、胸の膨らみ。

指先で先端をくるりと意地悪に舐めると、体はぴくりと敏感に反応する。

直接触れて来ないもどかしさに、キスの合間に鼻にかかる声が漏れる。

自分の甘えた声に体が震え、また嬌声が零《こぼ》れる。

ちゅる、と唇を吸ってから、彼の手は陽奈美の服の中へ侵入し、背中のホックを無遠慮に解いた。

「は……」

急に締め付けが緩められ、呼吸に甘さが混じる。

服ごと下着を捲り上げた賢正は、露《あらわ》になった白い膨らみの先端に吸い付いた。

「ああんッ」

途端にびりびりとした快感が、体の中心を駆け降りる。

丁寧に先端を舐り、尖りを招いて陽奈美の理性を崩していく。

「んっ、あっ」

敏感さを極めた胸の頂は、みるみるその主張を強めて、同時に下肢へ甘美な指令を送る。

むずむずとした微弱な悦に、陽奈美の秘処は触れられてもいないのに湿度を高めていく。

それを助長するのが、彼の長い指だ。

「ああ……もう、こんなにして」

「んぁっ」

躊躇《ためら》いなく湿った太腿の間に滑り込んだ彼は、ショーツを掻き分けて直に陽奈美に触れた。

ヌルりとした感触が体の中を通って、舐り続けられる胸の感度を高める。

膨らみ出した秘処の蕾がくるくると優しく撫でられると、それだけで理性を快楽が凌駕《りょうが》した。

「ああ、あんっ」

「可愛いな、陽奈美は」

賢正は容易く陽奈美を悦の頂上に連れ出し、ぬちぬちと音を立てて責める。

まもなく高みを掴もうとしたその時、来客を知らせるチャイムが空気を引き裂いた。

ギリギリに踏みとどまった陽奈美を置いて、賢正が動きを止める。

背後を振り返り、誰が来たのかと思案しているようだ。

そしてまた呼吸を乱したままの陽奈美を見てキスをし、彼は指の動きを再開した。

「んぅっ、ぁ……っ」

再び悦情に火を点けられ、体が高みを目指し始める。

来客を無視する彼に微力な抵抗を示すが、無意味だ。

膨らみ切った蕾は、今か今かと弾ける時をうかがう。

子宮の奥に溜まった熱が限界を迎えようとしたところで、今一度呼び出しの音がふたりの空気を割った。

「けん、せいさ……おきゃく、さまが……っ」

かろうじて引き戻した理性で、彼に訴える。

それでも指を止めなかった彼に導かれ、抑えきれなかった悦情が快楽とともに大いに弾けた。

「あああっ」

びくびくと体を引き攣らせ、絶頂の余韻とともに脱力する。

額に優しく口づけを落とした賢正は陽奈美をソファに横たえ、そこを離れた。

「はい」

賢正は煩わしそうにインターホンに応答する。

陽奈美のいる場所からモニターは見えないけれど、聞こえた声にはっとした。
『こんばんは、柚子です』
驚いて困惑する賢正の気配が伝わる。
『あの、近くを通ったから賢正くんいるかなと思って』
突然の柚子の来訪に、隠れるように乱れていた息を止める。
なぜ彼女がここへ来たのか。
普段からこうやって気軽に立ち寄るほど、彼と親密なのかと胸がざわめく。
「今は来客中だ」
彼の応対に怖気づく。
自分がここにいることを柚子が知ったら、彼女はどうするだろう。
『こんな時間に、誰？　まさか女の子じゃないよね？』
「答える必要があるのか？」
『賢正くん……』
冷たいくらいに淡々と返答する賢正。
しゅんとする柚子を不憫に思う自分は、なんていやらしい女なのだと気落ちする。
『ご、ごめんね、連絡もなしに来ちゃって。また今度会ってくれると嬉しいな』
「それは難しい、柚子。約束はできない」
『……っ』

はっきりと断られて柚子は絶句する。

応答がないまま、カツカツとヒールの音が小さくなっていった。

「賢正さん……」

ソファに戻ってきた賢正は陽奈美の手を取り、眉を下げて見つめる。

「不安にさせたらすまない。彼女がここに来ることは滅多にないんだ。君以外の女性をここに上げたこともないから……信じて」

その言葉を疑っているわけではない。

むしろ、柚子に対して罪悪感すら覚える。

彼との将来を嬉しそうに話す彼女の姿が、あれからずっと頭の隅に引っかかっていた。

「私は、大丈夫ですが……柚子さんは……」

「彼女はずっとあの調子だ。何度話しても、婚約の話は生きていると思い込んでいる。祖父に言えば、彼女の欲しいものは何でも手に入る環境にあるから。実際、加賀見の会長は親以上に孫娘を甘やかしてきた」

たしかにランチの日にも、柚子はあれこれと祖父に買ってもらったという話をしていた。

ずいぶん昔の祖父の戯言ですら、言霊のように実現すると信じているのだろう。

「自分で物事の分別をつけられるようになるのは、彼女の祖父が彼女から離れたときだろうな」

幼馴染というだけあって、賢正は柚子のことをよく理解している。

柚子を不憫に思いつつも、彼女に理解を示す賢正の優しさを少しだけつまらなく感じた。

「柚子さんのこと、よくわかっていらっしゃるんですね」

口をついて出た言葉に、賢正がはたと瞬く。

「陽奈美……」

「あっ、いえ、幼馴染っていいなぁって。私は学校が途中で変わっちゃったから、そういう友達はいなくて……」

ははとそら笑いで誤魔化そうとしても、彼は目ざとく陽奈美の心を暴く。

「柚子と親しくしていると、嫌か？」

「そ、そんなことないです。おふたりは幼馴染なんですし、お互いをよく知っているのは当然で……」

「俺は柚子より、陽奈美のことをもっとよく知りたい」

取られたままの手の甲に、賢正は優しい口づけを落とす。

「手の甲へのキスは、忠誠の証だと知っているか？」

上目遣いの眼差しに捕らえられ、心臓がどきりと飛び上がる。

「十四年間、君のことを求めていた。他に俺にそう思わせる女性は誰もいなかったんだ」

そっと唇を寄せる賢正は、陽奈美の唇にほのかな熱を灯して言う。

「何度だって言う。俺は陽奈美が好きだ。たまらなく」

彼の瞳に映る自分の姿を見つけて、彼が見ているのは自分だと思い知らされる。

だけど決して嫌なわけではなく、むしろ嬉しいとさえ感じている心が彼からの口づけを受け入れた。

慈しみを込めて触れる彼は、あの日結婚を拒否した自分を誠意で塗り替えようとしている。

冷ややかな印象はもうとっくに霧消していて、彼の想いは十分すぎるほど伝わっているのに。

彼は全身全霊を込めて、陽奈美に熱情を注ぐ。

気休め程度に下ろしていた服は再び捲り上げられ、意味をなくした下着を退けた唇に、またしても胸の先端が捕らわれる。

「ぁんッ」

ぺろりと舐られ、火種を残していた悦情が首をもたげた。

キャンディーでも舐めるように陽奈美を味わう彼の頭を掻き抱く。

密着度が高まり、自らの行為にはしたなくも興奮する。

大きな手のひらに乳房が包まれ、やわやわと揉みしだかれると、微弱な刺激に腰が浮き、子宮がじんじんと熱を持った。

「賢正、さ……」

「どこ、触ってほしい？」

唇を離さないまま発せられる意地悪な声。

乳首に与えられる淫靡な振動にぞくぞくと身悶える。

「……っ」

わかっているはずなのに、彼は太股を優しく撫でるだけで、核心に迫ってくれない。

もどかしく腰を震わせていると、ソファの脇に置いていた陽奈美のバッグからスマホの着信音が聞こえた。

水を差された甘い空気が、少しだけ温度を下げる。

「賢正さん、あの……」

一瞬ぴたりと動きを止めた賢正だったが、お構いなしに太股と乳房を触り続ける。

「あ、あの電話が……ゃんっ」

胸に吸い付く唇を強められ、悦情が一気に加速する。

けれど、鳴り続ける呼び出しになんとか理性を立て直し、彼を押し戻す。

「母からかもしれないので……！」

ちょっと強く言うと、賢正はしゅんとしたようにまさぐる手を止めた。

体を起こしながら、服を正す。

ずれた下着の着心地の悪さは我慢してスマホを取り出すと、画面に表示されていたのは柚子の名前だった。

「柚子さん？」

「柚子？」

陽奈美に続けて疑問を抱く賢正を背に、ソファに座り直して電話に応答する。

「はい、三条です」

『あ、陽奈美ちゃん？　今いい？』

まずいとは言えず「どうしました？」と平然を装って返すと、待てをしていたはずの賢正が陽奈美を背後から抱きしめた。

「きゃっ」

後ろにひっくり返るように彼の腕に取り込まれ、その拍子に思わず声が出る。

『どうしたの？　陽奈美ちゃん、大丈夫？』

「は、はい、大丈夫です」

『あのね、さっき賢正くんの家に行ったんだけどね。今日は会えなくて……』

電話の向こうで、彼女は落ち込んだ声を出す。

すげなく追い返されたことがショックだったのだろう。

そのことをすでに知っている身としては、いたたまれない。

(でも、どうして私に……)

牽制のつもりなんだろうか。

賢正と親密な仲であると、陽奈美に示したかったのか。

「そうなんですね……」

そうとしか言いようがない。

何と言葉をかければいいのかわからず黙り込むと、しびれを切らしたらしい賢正が陽奈美の体をまさぐり始めた。

「……んっ」

服の上から胸の先端を苛める指先に、びくんと体が反応した。

『陽奈美ちゃん？』

堪えきれなかった嬌声を聞かれてしまった。

電話の向こうで柚子が不審な声を上げる。

『もしかして、賢正くんの家にいるのは、陽奈美ちゃん？』

「いえっ、違います……！」

否定する陽奈美にお仕置きをするように、賢正の指が乳首の刺激を強めた。

「……っ、……」

堪えられない声を手のひらで押さえる。

せめて息を乱さないよう意識を体から遠ざけようとするものの、子宮に駆け降りる愉悦の電流は弱まることを知らない。

『ごめんね、彼氏といるときだったかしら』

「いえ、そういうのじゃ、ないんです……」

必死に言葉を返す陽奈美を嘲るように、賢正は柔らかなふくらみを手のひら全体で包んでゆっくりと揉みしだき始めた。

『お邪魔みたいだから、切るわね。また今度お話ししましょう』

「すみません、あの……っ」

じゃあね、と通話を切る柚子。

終話音があっさりと外界との接点を断ち切る。

「終わったのか」

「柚子さん、気を遣って……あんっ」

耳朶《じだ》を舐ってから、首筋をなぞる唇。

それと同時に、胸をまさぐる手は服の中に侵入して、直に刺激してきた。

「敏感になってる」

「やっ、そこ……っ」

指の腹でくりくりと転がされる胸の頂は、悦びに固さを増す。

両方とも彼にいいように扱《しご》かれて、体の力を快楽に全振りする。

スマホは床に放り、彼に全てを委ねるほかに意識が働かない。

胸の刺激が送り出した快楽は下肢に溜まり、擦り合わせる太股の間で熱を上げていた。

「触ってほしそうだな」

それに気づいた賢正はすぐにスカートを捲り上げ、もじもじと悶えるショーツの中へ指を滑らせる。

「んぁああッ」

すでにぬかるんだ秘処で、蕾が彼の指に嬲《なぶ》られる。

くるくると悪戯に感度を煽られ、嬌声が絶え間なく部屋中に散らばった。

「あぁう、あんっ、っぁ」

体の中心で熱情が爆発的に膨らみ、気持ちのいい刺激に成されるがままだ。

次第に込み上げてくる快感の暴虐に、意識が持っていかれる。

「あ、だめ……ッ」

「だめなことは何もない。そのままイっていい」

「ああ、っ」

蕾の膨らみが乱暴に弾けて、頭の先まで一気に駆け上がる悦楽。

大きく震える体を賢正は優しく抱き留め、安堵に落ちる陽奈美にキスをした。

「ベッドに行く時間も惜しい。ここでしたい」

ぴくぴくと痙攣《けいれん》する体を抱え、脚からショーツを抜き取る。

そのまま陽奈美を向かい合わせに座らせた彼は、自分の劣情を露《あらわ》にした。

「ここに来て」

理性の膜をさりげなく纏うと、彼は陽奈美を誘惑する。

腰を抱えられ、そそり立った彼に導かれるように、自らを彼に突き立てた。

くぷりと容易く彼を飲み込む体が、卑猥に快感をむさぼる。

「ああ、気持ちいいよ陽奈美……もっと深くにおいで」

「んん、ぁ……」

理性なんてとうの昔に捨てていて、気持ちのいいところを探って自分を落とし込む。

はぁ、と恍惚の溜め息を吐く彼の愉悦がわかり、悦びに熱くなる体をゆっくりと前後に揺らした。

「あぁっ、あっ」

「すごく卑猥だ、陽奈美……」

子宮の最奥に彼を迎え入れて、一番感度の高いところに彼をぶつける。

腰を揺すれば、彼が負けじと中で屹立《きつりつ》を穿《うが》った。

「あっ、あっ、んあっ」

リズミカルに舞う嬌声と、ぐちゅぐちゅと水音を奏でる体が、ふたりの快楽を高めていく。

「ひなっ、は……っ」

「あんっ、あっ」

激しさを増す律動がふたりの汗を飛び散らせ、一心不乱に気持ちのいいことだけを追求する。

彼に振り落とされないようにぎゅっと力を入れると、彼は耐えきれずに喘いだ。

「ああ、陽奈美……っ、強い」

それでも抽挿を止めない彼に、体が悲鳴を上げる。

「あっ、だめ、イっちゃう……っ」

「いい、よ……一緒に」

荒ぶる呼吸の最中に唇を交える。

体の奥から噴き出さんばかりの悦が、彼を連れて高みへ昇っていく。

「賢正さ……あぁッ」

「陽奈美……っ」

ドクンッと体の奥で彼が大きな痙攣《けいれん》を起こす。

それと同時に、擦られていた膣が熱情を爆発させて、子宮を快楽の高みに突き上げた。

「あぁあっ」

ビクビクンッと絶頂に震えて強く抱き合う。

引き攣る体を慰めるようにキスを交わす。

呼吸も落ち着かないところで、賢正は陽奈美を抱き上げた。

「まだ夜は長いな……」

彼の言葉の意味に、それだけでイってしまいそうで、ふるりと体を震わせた。

寝室へ入ったら、もうそこから抜け出せそうになかった。

けれど、本能がそれを望んでいるのだ。

陽奈美を抱きかかえる彼の胸に擦り寄るのは、覚悟の証。

彼を見上げると、熱情を燃やした瞳に捕らわれて息を呑む。

口から零《こぼ》れそうになった感情も一緒に飲み込み、めくるめく淫欲が待ち構える寝室へ誘われた。

＊

彼に抱き潰された週末が明けた月曜日の夜。

帰宅間際、休日中に行けなかった実家へ顔を出しに行こうと思いついた。賢正にそれを伝えようとスマホを手にした瞬間、呼び出し音が鳴る。

部署のフロアでぎくりとするのは、彼からの連絡かもしれないと思ったから。

こそこそと廊下に出て周りに見られないように見た画面は、柚子からの着信を知らせていた。

彼ではなかったと拍子抜けしつつも、柚子の思惑が読めず、出るのを躊躇《ためら》う。

だけど、結局は見ぬふりはできないと諦め、深く呼吸をして通話ボタンを押した。

「はい、三条です」

務めて明るく応答した声に、沈黙が返ってくる。

聞こえなかったのかともう一度「もしもし？」と呼びかけると、電話口の柚子がぐすっと鼻を啜った。

「柚子さん？」

『……陽奈美ちゃん……』

震える声が、彼女が泣いていることを知らせる。

「どうしました？　何かありましたか？」

『……っ』

電話の声が遠くなったかと思うと、柚子はしゃくり上げ始めた。

「柚子さん、大丈夫ですか？」

ただ事ではない様子に、不安が募る。

大きく息を吐いた柚子は、ようやく言葉を紡いだ。

『陽奈美ちゃんに、話したいことがあるの……うちに来ていただけないかしら」

いつもの明るさからは想像もできないほどの弱々しさだ。

よほどのことがあったのか、わざわざ陽奈美に話したいことと言えば、思い当たるのは一つしかない。

『もしよかったら、うちに来ていただきたいの……』

「今からですか?」

『ええ、でも無理にとは言わないわ。陽奈美ちゃんもお疲れでしょうし』

「私は構いませんけれど、おうちの方にはご迷惑ではないですか?」

『平気よ……兄を迎えに行かせるわ。今どちらに?』

一体どうしたというのか。

直接会って話さなければならないようなこととはなんだろうかと、訝しく思う。

泣いている様子の彼女が自分に連絡を寄越したのには、それなりの理由があるのだろう。

「もう会社を出るので、駅でよければお願いいたします」

『ありがとう陽奈美ちゃん。他の誰にも相談できなかったから……ありがとう』

何度も謝意を述べる柚子に、頼ってもらえたという自負が芽生える。

賢正のことで敵意を抱かれていた気がしたけれど、もしかしたら本当に純粋な気持ちで彼を想っているが故の言動だったのかもしれない。

そんな彼女がなぜ泣いているのかを気がかりに思いながら、会社を後にした。

＊

駅前のロータリーに向かうと、見覚えのある人物が立っていた。

一度会ったきりだが、加賀美一家との遭遇はかなり強烈な印象だったから覚えている。確か、柚子の兄の総司といったか。

総司は辺りを見回し、陽奈美を見つけるとぺこりと頭を下げた。

彼もまた陽奈美のことを記憶していたようで、小走りに寄ってくる。

「三条さんですね。妹の柚子がお呼び立てして申し訳ありません。兄の総司です」

「ご無沙汰しております。あの、柚子さんは大丈夫なのでしょうか」

「それが、僕にも話そうとはせず、おといから部屋を出てこないんです」

「え!?」

「三条さんに相談したいと言っておりますので、ひとまず自宅までおいでいただけますか」

「わかりました」

まさかとは思うけれど、賢正に関わる何かが起こったのか。

(賢正さんが、私とのことを話していたとしたら、かなり気まずい)

婚約していると思い込んでいる彼女にしてみれば、賢正の裏切り以外の何ものでもないだろう。

しかし、あんなに泣いている彼女が恋敵である陽奈美にそんなことを相談するだろうか。

ロータリーに停められていた総司の車の後部座席に乗り込んだが、ほとんど面識のない相手の車に乗るのはあまりに安易ではないか？　とドアを閉められてから思った。

名のある企業の御曹司なのだから、何もないと信じたい。

（こんなこと賢正さんに知られたら、怒られるかな……）

ただでさえ、純哉に嫉妬している彼のことだ。

他の男性と密室でふたりきりでいることはもとより、あまりの危機感のなさに猛省する。

さすがにどこか知らない港に連れていかれるようなことはなく、加賀見と書かれた表札のある豪邸に無事に到着した。

今回は運が良かっただけだ。

次の機会があっても、ホイホイとついていくのはやめておこう。

「柚子の部屋は二階です」

「お邪魔します」

ふかふかのスリッパに足を入れ、総司についていく。

二つ目の扉の前でノックをした彼は、中にいるらしい柚子に声をかけた。

「柚子、三条さんが来てくれたよ。入ってもらうから」

返事を聞かないまま、「どうぞ」と場所を譲られる。

急に扉を開けて驚かせないよう、今一度ノックをして陽奈美も呼びかけた。

「柚子さん、三条です。ここ開けますね」

総司を振り返ると、目配せで入室の許可を得る。

ゆっくりと押し開いた扉の向こうは薄暗く、目が慣れるのに少し時間を要した。

後ろ手に扉を閉めて、柚子の気配がする方へ歩み寄る。

「柚子さん……」

天蓋付きのベッドの上はこんもりと布団が盛り上がっていて、柚子の存在を知らせる。

陽奈美の気配に気づいたのか、柚子はもそもそとそこから顔を出した。

間接照明だけの薄暗い中でも、目に涙を浮かべているのがわかる。ぐすりと鼻をすすったかと思うと、布団から抜け出した柚子は、陽奈美になだれ込むように抱き着いた。

「陽奈美ちゃん……っ」

「柚子さん」

溢れる感情を堪えることなく泣きすがる柚子のネグリジェの裾から大きなレーゼが覗いていて、痛々しい。

よく見ると、柚子の頬にも大きな擦り傷があるではないか。

「ど、どうしたんですか⁉」

陽奈美に縋る彼女の手首にも包帯が巻いてあって、あちこちに怪我を負っている様子だ。

泣きじゃくり、状況の説明などできそうにない彼女の背中を抱きしめて優しくさすった。

何があったのかなんて軽々しく聞いていいものかわからず、胸がざわつく。

柚子の気持ちが落ち着くまでは、何も言わずにいるのがいいだろうと、ハンカチで彼女の涙を拭った。

「ごめんなさい、陽奈美ちゃん」

「いいえ、私は大丈夫ですよ」

しばらく泣き続けていた柚子が落ち着き、大きく深呼吸をしてから震える声で陽奈美に謝った。

話したいことがこの怪我に関することなら迂闊《うかつ》に聞けないと迷っていると、柚子の方から口を開いた。

「ごめんなさい、驚かせてしまって。この怪我、痛々しいでしょ？」

「大丈夫ですか？」

「ええ、傷はそこまで深いものじゃないから……でも……」

話を続けようとした柚子はまた涙を浮かべて言葉を詰まらせた。

「ご、めんなさい……私、あの日……」

懸命に話そうとする柚子を見守り、自分に何ができるかわからないけれど、力になれるならと震える声に耳をそばだてる。

「賢正くんの家に、行ったあの日……。タクシーを拾おうとひとりで待っていたら……っ」

柚子が訪ねて来て、賢正が追い返してしまったときのことだ。

その当時の出来事を思い出す柚子は、涙を堪えて話を進めた。

「だ、誰か、知らない男の人に引っ張られて、……っ、それで公園の物陰に連れ込まれて……ッ」

「え……」

耳を疑った。

柚子は陽奈美の腕の中で激しく震えだす。

（男の人……？　連れ込まれたって……）

「やめて、って言ったのに……っ、無理やり……っ」

彼女はニュースで取り上げられるようなおぞましい出来事を口にした。

想像するのも恐ろしい状況が、まさかあの日柚子を襲っていたなんて。

「柚子さん、もういいです。わかりました」

「陽奈美ちゃん……っ」

思い返すのも相当な苦しみがあるだろう話をそっと止めさせ、陽奈美は今一度震える柚子の体を抱きしめた。

（どうして、そんなことが……）

同情などという生ぬるい感情で慰められないような出来事に、陽奈美は大いに打ちひしがれる。

（あの時、無理やりにでも賢正さんを説得して、柚子さんを部屋に入れていれば……）

悔やんでも悔やみきれないほどの後悔が、得も言われぬ罪悪感を連れてくる。

あの日、自分は何をしていた？

賢正に絆《ほだ》され、彼の気持ちに応えてもいないのに、甘い世界に身を投じていた。

好きだと何度も愛を囁かれている間、柚子は地獄を見ていたのだ。

「柚子さん……警察には……」

陽奈美がやっとの思いで口にした言葉に、柚子はふるふると首を振る。

「顔、もわからない、し……」

どう慰めればいいのかわからない。

どれだけ恐ろしかったか、考えるだけでもぞっとする。

「私、……せっかく賢正くんのために守ってきた体、知らない人に汚されちゃったよ……っ」

ガンと全力で頭を鈍器で殴られたような気がした。

心臓が、握りつぶされるように痛い。

なぜ柚子がそんな目に遭わなければいけなかったのか。

あの時、少しでも柚子のことを思いやる余裕があれば、そんな状況は避けられたかもしれない。

「こんな、体で……もう賢正くんと結婚できない……っ。こんな汚い体で……」

嗚咽交じりにそう口にする柚子は、やはり彼との婚約を信じていたのだ。

賢正はそうは思っていないと、こんな柚子を前にして言えるだろうか。

どれだけ怖い思いをしたか、陽奈美の想像の範疇を超えているはずだ。

見知らぬ男に乱暴され、その上、想いを寄せる相手に捧げられるような状態でなくなったという絶望。

「大丈夫ですよ、柚子さん……」

そう言うしかなかった。

何が大丈夫なのかなんて、自分でも根拠を見つけられない。

無責任にもほどがある言葉だ。

「本当に……？　大丈夫かしら……賢正くんは、私を見捨てないでいてくれるのかな……」

いつも見目良くお嬢様らしい身なりをしている柚子が、涙で顔をぐちゃぐちゃに濡らし、シミ一つなかった頬が大きな擦り傷を痛々しく残している。

救いを求めるように陽奈美を見上げる柚子は、たった一つの光を頼りに悲運の中から這い上がろうとしている。

「柚子さん……」

「こんな汚れた体でも、……抱いてくれるかな、賢正くん」

どくりと心臓の音が歪《ひず》む。

「彼に抱いてもらえれば、浄化される気がするの……」

涙を零《こぼ》しながら、彼を妄信している柚子はショックで混乱しているようにも見える。

だけどこのまま突き放すことはできない。

妙な正義感が湧くものの、彼女の望むままに事を叶えてやるべきなのか、心の奥の方から問いかける自分の思いに気づいた。

(賢正さんが、柚子さんを……抱く……？)

それが本当に柚子の体を浄化し、彼女の心の救いになるとして、自分はそれを手放しで「よかった」と言えるのだろうか。

賢正が傷だらけの柚子を抱きしめ、治癒を願う口づけを体のあちこちに落とす。

そして、彼女が味わった地獄のすべてを消すように、深く体を繋げるのか。

自分に施されたあの甘い行為を、柚子が受けることになるという状況を想像した。すると、正義感が湧いていたはずの心が、むくむくと広がる黒い感情に薙ぎ払われていく。

柚子を慰めなければと思っていたのに、彼女を抱きしめる手が震えた。

自分を見つめるあの目が、他の誰かを映すのは嫌だと思った。

自分を慈しみ甘やかすあの手が、他の誰かに触れるのは嫌だと思った。

(ああ、私……嫉妬してるんだ)

柚子の背中を摩《さす》る手に宿ったのは、彼に対する独占欲だった。

目を覆いたくなるような酷い目に遭ったことは、安易に慰められない不運だったと思う。

彼女の心の傷を癒すために、自分にできることはないかと考えを巡らす。

しかし、彼の介入は候補になかった。

柚子が彼を想っているのであれば、彼を慰め役にするのが一番なのかもしれない。

だけど……

「副社長に、このことはお話ししても大丈夫ですか？」

胸に湧いた感情に気づきながら、柚子を案ずる言葉を口にする。

するとはっとした柚子は、ふるふるとかぶりを振った。

「だめ……知られたくない」

それはそうだろう。

想いを寄せる相手に、自分が乱暴されたなんてこと、恥ずかしさと惨めさが邪魔をして言えるわけがない。

「知らないまま、抱いてほしい」

彼に抱かれることを悲願とする柚子を見て、陽奈美は溢れる嫉妬の根源に気が付いた。

(そうか私、好きなんだ……賢正さんのこと)

他の誰かに触れてほしくない。

誰かが彼に触れるなんて、考えたくない。

黒く心に蔓延《はびこ》った独占欲の真ん中で、彼への想いが泣きたくなるほどの熱を持つ。

「ねえ、陽奈美ちゃん……陽奈美ちゃんからお願いしてほしいの、賢正くんに。直接言わなくても、彼とふたりきりになれるように計らってくれればいいから」

「私にそんな大役……」

「ううん、陽奈美ちゃんなら大丈夫よ、きっと」

頬に流れていた涙はいつのまにか、陽奈美を見つめる目に名残だけを置いている。

かすかに過る違和感の理由がわからなくて、曖昧に返事を濁す。そのまま「ありがとう」と笑みを見せる柚子に見送られ、彼女の部屋を出た。

＊

「夜分にお邪魔しました」

「いえ、柚子は大丈夫だったでしょうか」

妹を案ずる総司は、送迎を断る陽奈美を押して車を出した。

正直、柚子の話を聞いたあとに、ひとりで帰る勇気はなかった。

タクシーで帰る手もあったのだけれど、無理を言って来てもらったのに、このまま帰せないと総司に頭を下げられ、断れなかったのだ。

「三条さんは、賢正くんとは割と親しいんですよね」

「えっ、いえ、そんな。私なんかが副社長とお近づきには……」

「ふふ、隠さなくても大丈夫です。三条さんのお宅は黒羽台の方だとお聞きしています。ご家族で高成家と親交があるというのも存じていますよ」

後部座席であれば緊張する表情は見られないだろうと思いつつも、穏やかに話す総司の口調に警戒心がわずかに緩んだ。

そういえば柚子が前に、総司はその関係に詳しいと話していた。

「同業として、その辺りの情報は詳しいので」

「そ、そうなんですね……」

総司は加賀見開発の営業本部長として活躍しているのだという。

なかなか上役の席は与えてもらえないと若干の愚痴を聞かされた。

「賢正くんは、早い段階で頭角を現していたからね。色眼鏡で見る人たちも多い中で、彼は実力で勝ち取って今の席にいるんだから、尊敬するよ」

賢正よりも年上の彼が、素直に彼を認めているのを知ると、なぜか陽奈美自身も褒められているような気になる。

自社の副社長のことなのだから、褒められれば嬉しいのは当然なのだが、こと彼に関しては、自分が大切に想う相手として誇らしい気持ちになるのだ。

（単純すぎ、まだ気持ちに気づいたばっかりなのに……）

ようやく気づいた想いに、気分がつい浮ついてしまう。

けれど、それを彼に伝えるのかどうかは別の話だ。

柚子のこともある。

簡単に口にできるような想いでないことは、気づいた瞬間からわかっていた。

「君にこんなことを言うのは、野暮かもしれないけれど……」

生まれた気持ちを宥めつつ、まずは柚子の心のケアの方が優先なのではないかと思っていると、総司が声のトーンを落とした。

「君と彼に、特別な関係があるのなら、ちょっと心配だな」

「え？」

「ライバル会社として彼のことはもちろん尊敬しているけれど、……君の素性を聞いてから、少し思うところがあってね」

何やら不穏な空気を醸《かも》し出す総司に、ごくりと喉を鳴らす。

「仕事柄、君の実家の情報を調べさせてもらったんだが、君の家が持つ資産は相当なものらしいね。いくつか不動産も所有しているとか」

そういったことなら調べれば簡単に出てくるだろう。

だけど、それと彼とのことに何の関係があるのか。

「詳しくはわからないんですけれど、祖父から継いでいるものがいくらかあるとは聞いています」

「そう。そのあとの後継のことは、何か話は出ているのかな」

「いえ、そこまではまだ……」

一体何が言いたいのかわからずに返事を濁す。

「賢正くんと、見合いをしたのかい？　結婚前提で」

「え!?」

まずい、と口を塞いだ時には遅かった。

なぜそこまで知っているのか、と驚きを隠せなくて、ほぼ肯定してしまったようなものだ。

「やっぱりそうだったんだね。ああ、心配しないで。柚子はそのことは知らない。婚約しているのは自分だと思っている妹をわざわざ不幸に突き落とすことはないからね。時間をかけて、その誤解は解いていくつもりだよ」

妹思いの兄のように聞こえるが、話の核心がわからず警戒心が高まる。

「だけど、結婚すら望んでいなかった彼が、突然君と婚約するなんて、不可解だと思っているんだ」

「どういうことですか」

「これは僕の推測だけど。君との結婚が成立すれば、君のところの資産は彼の手に収まる。彼の聡明な頭脳と行動力があれば、会社の利益になると考えてもおかしくないんじゃないだろうか」

彼が何を言っているのか、上手く理解できない。

暗がりの密室で、滔々《とうとう》と披露される話は、まるで真実かのように聞こえる。

「そ、そんなことは……」

「あくまで僕の穿《うが》った考えですよ。彼は本当に君を愛しているかもしれない」

〝かもしれない〟という言い方が、ぐさりと胸に突き刺さる。

他人が断言するはずのない、彼の陽奈美に対する想い。

あれだけ自分を慈しむ彼の、あの眼差しに曇る部分があっただろうか。

「今、あなたが幸せを感じているのなら、それは僕の取り越し苦労でしょう。お気になさらず」

総司の言葉の端々に、不安がちりばめられている。

（私が幸せなら……気にしなくていいの……？）

賢正がくれる言葉も、想いも、嘘偽りのないものだと信じている。

そう、信じたい。

でも、再会したあの見合い未遂の場で結婚はしないと言っていた彼は、あるときから手のひらを返したように好意を見せてきた。

見合いでの拒否は、彼が陽奈美を誤解していたからで、十四年前と変わっていないと知ってからは、陽奈美を好きだと言った。

（賢正さんが、三条の資産を狙ってるなんて……そんなこと……）

ありえないと思う。

総司の取り越し苦労に乗せられて、彼にもらった想いがぐらぐらと足元を揺らしている。

彼の本当の想い、自分の気持ち、柚子の悲運が、陽奈美の心を掻き乱す。

考えることが多すぎて、どれから整理すればいいのかわからなくなった。

盛大に不安を煽られたまま、いつの間にか自宅マンション前に到着していた。

「三条さん」

「あ、ありがとうございます。送っていただいて……」

呼びかけられて、ようやく自宅に着いたことを知る。

足元にふらつきを感じながらも車を降りたところで、歩み寄る人の気配にはっと顔を上げた。

「陽奈美」

そこにいたのは、険しい顔をした賢正だった。

「今日は実家に行くんじゃなかったのか」

賢正はどう見ても立腹している。

「なぜ総司さんと一緒なんだ」

会社で見る経営者としての怖さではないものが、心臓をぎゅっと委縮させる。

彼の怒りの理由はわかる。

言い訳をしても、きっと彼は怒りを鎮めないだろう。

それがわかるから、口を開けないほどの恐怖に震えた。

「柚子の相談に乗ってくれていたんだよ。こちらが強引に呼び出したんだ」

「相談？」

陽奈美から目を離さずに、総司に聞き返す。

「賢正くん、女性同士の話に男は入れないよ」

総司の気の利いたフォローで、内容を打ち明けずに済んだ。

まさか柚子が見知らぬ男に乱暴されただなんて、軽々しく口にはできない。

一時的な回避に安堵する間もなく、賢正は苛立ったまま陽奈美の二の腕を強く掴んだ。

「いっ……」

「いつまで総司さんのテリトリーにいる」

怒りに任せた力で引き寄せられ、倒れそうなところをかろうじて踏みとどまった。

腕の痛みは彼の怒りと悲しみの代償だと甘んじて受け入れる。

「女性に対して男の力を行使するのは下劣な行為だよ、賢正くん」

紳士的な声に顔を上げると、総司は陽奈美を掴む賢正の腕を押さえて、力任せの行為を非難する。

賢正は無言で総司を睨む。刹那の沈黙のあと、総司から目を逸らさずに陽奈美の腕を解放した。

「君はもっと紳士だと思っていたけれど、違ったかな」

賢正とは違い、終始落ち着いた雰囲気の総司は、よく聞けばわかる嫌味を残してその場を去った。

ふたりだけになった街灯だけの通り。

遅い時間で人気はなく、動かない空気が重い。

「すみません、あの……」

か細い声の謝罪が届いたのかどうかわからないまま、賢正は陽奈美の肩を抱き寄せてマンションの中へ入っていく。

エレベーターへ乗り込んでも、彼は口を開かなかった。

閉じる扉にせかされるように七階のボタンを押すと、箱の壁際に追い詰められて、ぶつかるようなキスをされた。

上昇する浮遊感の中、乱暴に唇を合わせられ、怖くて涙が滲《にじ》む。

息苦しくて開いた口の中へ彼は強引に割り込んできて、陽奈美を蹂躙《じゅうりん》する。

咥内を掻き回され、逃げる舌を搦《から》めとられた。

いつもの慈しみは感じられず、強引な行為に胸が苦しくなる。

そこにあるのが彼の怒りと悲しみであるとわかるから、抵抗なんてできない。

酸素不足の頭がぼうっとしてきて、足元が崩れるのと同時にようやく彼の唇から解放された。

はあはあと荒い呼吸がエレベーター内に響く。

まもなく七階に到着した。

賢正は足元をふらつかせたままの陽奈美の肩を抱いて、「何号室だ」と低い声で尋ねた。

やっと聞けた彼の声を怖いと感じてしまったことに、ひどい罪悪感を覚える。

「……一番奥の……」

「鍵は」

震える声に彼は気づいただろうか。

食い気味に鍵の在処を尋ねられ、辿り着いた自宅の前でそっと手から抜き取られたキーケースに、もう何の言い訳もさせてもらえないのだろうと悟った。

初めて彼を自宅に招くのに、ロマンチックな雰囲気なんて少しもない。

オートロックで閉まった扉を背に、点灯した玄関で彼は再度陽奈美を強く抱き寄せ、今度はキスもなしに首筋を舐って来た。

「っ……」

あまりに突然のことに抵抗できずにいると、彼は陽奈美を扉に押し付ける。

服をたくし上げた彼の手に、胸の膨らみが掴まれるのを、目を瞑《つむ》って堪えた。

「本当は、総司さんと何をしていた？」

「んぁっ」

答えさせる気なんてさらさらないように、ホックを解いた彼の指は、直に胸の先に刺激をもたらした。

ずらされたブラの下で、彼は主張を促すように乳首をねっとりと舐め上げる。

「あああっ」

「あんな風にふたりでいるところを俺に見せつけて、どうしたかった？」

じゅ、じゅ、と音を立てて先端を吸われ、甘さを伴っていないのにもかかわらず、下肢へ駆け降りる刺激は色欲を芽吹かせる。

「それとも、彼に惚れた？　俺がこんなに陽奈美のことを好きだって言っているのに」

「ち、が……ッ、ああっ」

逞しい太腿が陽奈美の足を割り、興奮し始めていた体の中心の感度の高いところを擦り上げた。

緩急をつけて与えられる刺激に、体はまんまと悦びの熱を湿らせていく。

「あの人の優しさに騙される女性は多いんだが、……君もそうなのか？」

「んっ、ンッ、あっ」

揺さぶられて淫欲を押し上げられれば、快感を極めたいという願望が、自ずと悦を求める。

目の前がチカチカと眩んできて、昇り始めたところで、すとんと刺激が遠のいた。

「あ……」

興奮で上がっていた息が虚しく肩を上下させる。

置き去りにされたようで、潤む視界の中に彼を捜すと、体を翻され、破けそうなほどの力でボトムをずり下ろされた。

「賢正さ……っ」

何も言わず、乱暴な前戯だけを施した陽奈美の濡れた蜜口に、彼の怒張が押し当てられた。

「けん……ッ、あ……っ」

「……ッ」

ぐ、と隘路《あいろ》を割り入ってくる彼の雄々しさが、強い快感を伴って陽奈美を突き上げてくる。

肉襞が彼を悦んで迎え入れ、たまらないとばかりに絡みつく。

意識しているわけではないのに、彼を扱《しご》く感覚が劣情をたちまちに高ぶらせて、ひどく喘いだ。

「ああ、んああっ」

「は……ッ」

なおも最奥を目指す彼に、体はあまりの気持ちよさに震えた。

扉に手をつき、快楽だけを彼に突き出す格好は、滑稽そのもの。

気持ちのいいことをしているはずなのに、幸福感は湧かなかった。

「ひな……っ」

「あっ、あんッ」

極めつけに一番感度の高い最奥に到達した彼は、そこだけに集中した抽挿を始めた。

目の前の扉が冷たく陽奈美を受け止める。

彼に腰を掴まれ、逃げることなど許されない。

しかし、この乱暴な罰は、陽奈美が受けるべきものだ。

相手は、陽奈美が好きになった男だ。

しかもその彼も、陽奈美のことを好いてくれている。

柚子の地獄に比べれば、心の痛みなど些細なものだ。

暗がりで見知らぬ男に乱暴され、きっと抵抗などできなかっただろう。

彼女の恐怖と自分の状況を重ね合わせると、激しい快感の中に、堪えきれない悲しみが吹き上がって来た。

「あ、ッ、……んっ」

体は快感に震え嬌声を止められないのに、目元からは苦しみを含んだ涙がぼろぼろと溢れてきた。

それに気づいた賢正は、陽奈美の顔を覗き込んで驚く。

しかし穿《うが》つことは止めず、悦楽の膨らみを助長するように、揺れる乳房を背後から揉みしだいた。

「陽奈美……っ」

「んあぁ、あっ、ゃあッ」

背後から突き上げられる衝撃を扉に受け止めてもらいながら、いよいよ体が高みに昇る。

子宮が掻き回され、悦びの愛蜜が太腿を滴《したた》った。

ぐちゅぐちゅと卑猥な水音を撒き散らしながら、哀願するように悦情が極まっていく。

「あっ、……っ、も、だめ……っ」

陽奈美の限界を察した賢正は、動きを緩めることなく追い詰めた。

抑えようと思った悦が、彼の追及に耐え切れずに暴発する。

「あぁぁっっ」

全身に広がる快楽の嵐が、一気に意識を吹き飛ばした。

かくかくと引き攣る体から無言で抜け出した賢正は、乱れたままの陽奈美を抱き上げる。

「寝室は……」

聞かれても答えられず、彼は無遠慮に短い廊下を突き進み、奥の扉を押し開く。

ひとり暮らしのワンルームに彼の家のような寝室はなくて、部屋の奥にベッドを見つけた彼は、そこに陽奈美を横たえた。

顔の両側に手をついて、暗がりの中で見下ろす彼の瞳には、まだ抑えようのない劣情が滾《たぎ》っていた。

「考えてみれば、君に怒りをぶつけるのはお門違いだな。総司さんへの嫉妬は、彼に向けるべきだった」

賢正は思ったよりも冷静な様子で独り言ちた。

「柚子の相談を受けていたのか」

まだ少し呼吸の浅い賢正は、必死に理性を保っているようだ。

絶頂から脱力し、まだ浮上しきれずに、小さく頷いて返事をする。

「何の相談だったんだ。彼女が君に、何を……」

聞かれても、答えられるはずがない。

目を逸らしてその意思を伝えると、彼はそれを素直に受け止めてくれた。

「そうか、言えなくて当然か。相談事をぺらぺらと人に話すような女じゃないからな、陽奈美は」

理解してもらえてほっとする。

さっきまでの恐ろしいような怒りは、いつの間にか鳴りを潜めたようだ。

「だけど……」

賢正はそう言いながら、乱暴さはないものの陽奈美の服を剥ぎ取っていく。

彼の下に晒《さら》した体は、まだ余韻で力が入らない。

それを見抜いた彼は、ぐずついたままの秘処に手を滑り込ませた。

「んあっ」

「……せめて一言、どこに行くのかだけは、教えてほしかった」

切ない思いを込めた言葉を最後に、彼は再び陽奈美の悦楽を引き出し始めた。

蜜壺に突き立てられた二本の長い指が、激しく陽奈美を掻き回す。

「んぁあッ、ああっ、あ……っ」

角度をつけて責められると、あまりの気持ちよさに意識が飛びそうになる。

「陽奈美、俺は君を手放すつもりはない」

頭を抱え、耳元で呪文のように囁く。

その間もなお、体は激しい愛撫に悦び震える。

中と同時に、熟れた蕾が親指で転がされて、絶叫に近い嬌声を上げてしまった。

「ああっ、ぃああっ、ああん、っ……」

「こんないい声、総司さんに聞かせたくない。他のどんな奴にも……」

「やぁああっ、ああっっ」

激しさを増す抽挿に、太腿も彼の手も、シーツも、快感に噴き出す雨にぐっしょりと濡れる。

「好きだ、陽奈美……」

久しぶりに聞くことができた慈しみのこもった想いが、性感のトリガーを強く引く。

膨らみ切った蕾をねっとりと捏《こ》ねられた途端に、盛大な快感が陽奈美の体を撃ち抜いた。

「あああぁっ」

大きく体がしなり、彼の指を食いちぎりそうなほどの力で肉襞が脈を打つ。

彼から罰を受けようと一生懸命につなぎとめていた意識が離れていく。

びくびくと震える体を抱きしめ、優しいキスを落とした賢正は、自身のすべてを晒《さら》して陽奈美の脚の間に割り込んだ。

悦の高みに昇ったきり、降りてこようとしない陽奈美に構わず、彼は解放しなかった劣情をずぶりと侵入させた。

「あ……ぁ……」

「ああ、そんなに欲しかったのか」

彼の苦悶に歪みながらも恍惚とした表情がうつろにしか見えず、淋《さび》しさから手を伸ばす。

「賢、正さん……私……」

好きだ。

彼が好きなのだ。

こんなに自分を想い、欲しがってくれる彼が、三条家の資産を狙っているとは思えない。

「陽奈美……っ」

「あっ、あんっ、ああっ」

一度深くまでゆっくりと自身を沈めた賢正は、今度はきちんと思いを込めた律動を始めた。

ベッドを軋ませながら、陽奈美の気持ちいいところを的確に突いてくる。

もう二度も絶頂を味わっているのに、体は驚くほど貪欲だ。

もっと、もっと深くに彼が欲しいと、彼に合わせて自ら腰を揺らし、お互いの快感を助長する。

「陽奈美、ッ……いやらしい……」

「んっ、ぁん、あ……っ」

渇きをしらない場所は、すぐに卑猥な音を立てる。

潤滑どころか、性欲と快楽を最高潮まで高める恥を知らない愛涎。

ふたりの距離が遠いのが嫌で、食らいつくすようなキスを交わす。

穿《うが》たれる子宮が快感に悦び、慈しみを込めた口づけに幸福感が満たされる。

(賢正さん……好き、……好き)

心の中でそう念じて、懸命に彼に伝えようとする。

しかし、どこかで俯瞰する自分が、それを抑止している気がする。

柚子のことを差し置いて、自分だけがこの贅沢な幸せに浸かっていていいのか。

わずかに残った理性が、気持ちに蓋をする。

「陽奈美……っ」

それを払うように、賢正が陽奈美を呼んだ。

律動を止めず、陽奈美も一緒に連れていこうとする彼の限界を感じとる。

「っ、もう……っ」

「あン、あああっ」

最奥に突き立てられた彼の劣情が、陽奈美を連れて大きく舞い上がる。

突き上げられる体が、彼を深く取り込むように悦楽を全身で受けとめた。

……生まれた気持ちを情欲の中に霧散させながら。

第八章

（好きな女を泣かせるとか、ありえない）

賢正は、男の風上にも置けないと人生で初めての自己嫌悪に陥っていた。

午後の副社長室の椅子を揺らしながら、瀧が淹れたコーヒーを持ったまま口をつけずにぼうっとしている。

昨夜はあのまま眠ってしまい、目が覚めたのはまだ夜が明ける前だった。

陽奈美を起こさないようそっとベッドを抜け、顔を合わせる前に彼女のマンションを出た。

最低なことをしたと、絶賛猛省している。

ほとんど強姦まがいに彼女を抱いて、泣かせた。

しかも、自分が気まずいからと何も言わずに帰宅して、謝ってもいないし、彼女を労わることすら怠った。

メッセージを送ったが、もしもう連絡を取ってくれなかったらと怖くて、黙って帰ったことへの謝罪しかできなかった。

そして、そのメッセージにいまだ既読はついておらず、リプライももらえていない。

わかりやすい大きなため息を吐いたところで、瀧が副社長室に入って来た。

「営業部の担当が揃いましたので、いつでも始められるとのことです」

「あ、ああ、わかった」

ぬるくなったコーヒーを一口だけ飲み、ジャケットの襟を正して扉を引いて待つ瀧に歩み寄る。

「何やら思いつめるようなことがありましたか？」

「何が」

「溜め息を吐いておられたようだったので」

「いいや？」

「そうですか」

瀧は相変わらず目ざとい。

陽奈美との関係に進展があったと気づくのも早かった。

(あのときは、浮かれていると若干からかわれた気がしないでもなかったが)

鉄仮面だと揶揄《やゆ》されがちな自分の些細な変化に気づいてくれる彼には、心の面でも支えられている。

しかし、さすがに今回のことに関しては、おいそれと話はできない。

これは自分自身の問題であり、彼女と直接話して解決すべきことだ。

いつまでも引きずらず、今夜にでも彼女に謝罪しようと気持ちを切り替える。

「それより、どうだったんだ。先週、行ってくれたんだろう？　三条家へは」

会議室へ向かいながら、周りに聞かれないよう小声で瀧に尋ねる。

「はい、総司様が良くいらっしゃるという時間帯に待機させていただきました。結論から言えば、私に免じて一旦は引いていただいたという感じでしょうか」

「まだ油断はできないだろうな」

「はい。朱美さんも、まだ不安にお思いのようでした」

「そうか」

瀧は先日、朱美から相談を受けたようだった。

男手のない家だと見くびって、総司が何度も不動産の買収話を持ち掛けて来たのだそうだ。

三条家の資産は管理会社に任せているらしいが、相当な財産を保有しているようだった。

その一部である不動産、つまり自宅や別荘などの買い上げを加賀見開発が目論んでいるらしい。

陽奈美は以前、自宅も別荘も手離したいと言っていたが、名義人である朱美の承諾がなければどうすることもできない。

今はどう思っているのかわからないが、加賀見が手を出しているとなれば、黙っては見過ごせない。

今回の会議の議題は、加賀見総司の横暴な営業による買収の実態についてだ。

彼は、未婚の女性や未亡人の持つ不動産を買い付けるやり口を常套としている。

あの一見優しそうな男の口車に乗せられ、資産を手放した人が結局泣きを見ているというのだ。

きちんとした契約を交わしているために、法には触れない。

ただ彼の甘いマスクと穏やかな雰囲気に飲まれ、心を許す女性がターゲットになっているというから穏やかではない。

賢正率いるグローイングリゾートにおいても、資産運用の部署で進めていた話を横取りされた案件がいくつも出てきた。

そんな中での昨日の出来事だ。

陽奈美が総司と一緒にいたことが、賢正を揺さぶる。

思い出すだけで腸が煮えくり返りそうだ。

（しかも総司さんは、俺と陽奈美の関係を知っているようだった。まあ親たちに聞けば、見合いの話も関係もバレるだろう。わざわざ陽奈美と一緒にいることを連絡してきて、まんまと煽られたのは迂闊《うかつ》だったが……）

総司の行動が気に食わない。

独り身である朱美に、男の色目を使って話をしようとしているだけでなく、陽奈美も同じように口説こうとしているのか。

陽奈美が言うには、柚子の相談を受けたようだが、総司が陽奈美と妙に近い距離で接していたのは、彼の営業手法を使おうとしていたからだとしか思えない。

（もっと冷静でいられたら、陽奈美を泣かすことはなかったのに……）

自分は本当に横暴な人間だとまた落ち込む。

今夜会ってもらえるかはわからないが、彼女ときちんと話をしなければならない。

「お疲れ様です」

会議室に入ると、営業本部長と各課の課長が六名、長テーブルを囲んで立ち上がった。

その中に見知った顔がある。

陽奈美といつも一緒にいる純哉だ。

営業に出ている課長の代理として出席しているとのことだが、彼が営業部の中でもやり手だというのは瀧からの情報だ。

「では、営業戦略についての報告と今後の動きについて――」

営業本部長が司会をして会議が始まる。

やはり彼らも加賀見開発の動向を注視していて、対抗策を話し合うことになった。

*

「お疲れさまでした」

会議は三時間を優に超えるものになった。

タブレットに転送されている会議資料に再度目を通す賢正に声をかけ、営業に出るという数名が退室していく。

最後に部屋を片づけるのは、一番若手の純哉だった。

「お疲れさまでした。もう閉めますが大丈夫でしょうか」

賢正に声をかけてきた純哉を見上げ、「すまない」と立ち上がった。

「副社長」

会議室を出ようとすると、純哉に呼び止められた。

正直、陽奈美と仲のいい彼とはあまり関わりたくないと思う男心を抱きつつ、振り返った。

「今日、彼女にランチを断られたのですが」

「は？」

なんのことだかさっぱりわからず、訝しく眉を顰める。

「あなたは友人とのランチも許せないような束縛男だったんですか？」

「何のことだ」

ドアノブに掛けた手を下ろして体ごと向き直り、純哉と対峙する。

驕るつもりはないけれど、副社長である賢正に腕を組んで対等に向き合う彼に面食らった。

「陽奈美は純粋な子なんです。あなたがだめだと言えば、素直にそれに従う子です。僕とのランチにも気を遣わせるのは、行き過ぎだと思いますが」

彼女の名前が出て来てようやく事を理解した。

(彼は、俺と陽奈美の関係を知っているんだったな)

「君のことは何も言っていない。彼女が俺に気を遣っているのなら、それは俺が望んでいることではないと伝えよう」

純哉はやはり陽奈美を大切に思っているのだろう。

だがそれは、いったいどの程度なのか。

賢正との関係を否定しないところを見ると、友人として彼女の心配をしていると考えるのが妥当か。

「じゃあ、今朝彼女が目を腫らしていたのは知っていますか」

ぎくりとした。

陽奈美は昨夜の涙を、今朝まで引きずっていたのだ。

それなのになぜ自分は、彼女を置いて部屋を出てしまったのか。

顔を合わせづらいと逃げた自分の失態だ。

「心当たりがおありのようですね」

ぎゅっと眉根を寄せ、数歩歩み寄って来た純哉は、彼より目線の高い賢正を物怖じすることなく睨み上げる。

「陽奈美を泣かせるなら、たとえ副社長であろうと……俺はあなたを全力で殴ります」

それまでのどことなく柔弱な雰囲気が一変し、その気迫に圧される。

(こいつ今、かなり素に近い感情出したな……)

いつも陽奈美の横できゃらきゃらと害なく笑っている空気は微塵もない。

ここまで低く唸ることができるほど、〝男〟であるとあえて体現したようだ。

「泣かせない。俺にとって生涯大切にしたい人は彼女だけだ。誰であっても、たとえ俺であっても、彼女を傷つけるのは許さない」

まるで神に誓うように、自分の過ちに向き合う。

「そうですか。それならいいんですが」

ころりと表情を変えて笑った純哉は、〝男〟を隠すように柔和《にゅうわ》な雰囲気に戻る。

「加賀見の御曹司、三条家に目を付けているのはかなり危険だと思います。陽奈美の母親はひとり暮らしですから」

「ああ、わかっている。彼女の家に一度瀧を出向かせた」

「へえ、そうだったんですね」

「彼女の母親から、瀧が直接相談を受けたんだ」

「プライベートで親交がおありなんでしたっけ。瀧さんが守ってくれるなら安心できますね」

「ああ、加賀見が手を引くまでは対応させるつもりだ」

純哉は本当に陽奈美のことを案じているようだ。

恐らく、ひとりの男として。

彼は、陽奈美に気持ちを伝えたりしないのだろうか。

そうしたら、彼女は何の気なく彼と行動を共にしなかったかもしれない。

会議室を閉めて戻るという彼に任せて、そこをあとにする。

副社長室に戻る道中も、陽奈美のことが気がかりだった。

まだ読まれていないメッセージに追加して、今夜会いたいという思いを送信する。

また強引に連れ出したら怖がらせると思い、彼女からの返信を待つと決めた。

＊

終業時刻を迎え、会社で一度も会えなかった陽奈美を想い、メッセージを確認しようとスマホを開くと、見計らったかのように呼び出し音が鳴りだした。

(柚子？)

期待した相手ではなかった着信に呆れる。

ここ最近、柚子の様子がおかしい。

これまで自宅に押し掛けてきたことはなかったし、こうやって直接電話をしてくることもそんなになかった。

たしか、周りの友人が立て続けに結婚したのだったか。

それに焦りを覚え、賢正との話を進めようとしているのか。

出ることを躊躇《ためら》い、長いコールをミュートにする。

思い込みの強い彼女に、少しの気も持たせてはいけない。

それは、昔から気を遣っているところだ。

陽奈美がいつ退社するのかを気にしつつ、一旦電話をかけてみようと彼女の名前をスマホの画面に呼び出す。

コールボタンを押そうとしたところで、今度は副社長室の内線が高々と鳴り出した。

受話器を取り上げると、受付からの連絡だった。

『加賀見様がお見えですが、お通しいたしますか？』

「加賀見？　加賀見開発の営業部長か？」

『いえ、それが……』

総司が訪ねて来たのかと思ったが、彼はわざわざ受付に取り次いでもらったりはしないはずだ。

受付の戸惑い方を察するに、やって来たのはおそらく柚子だろう。

『約束してるから、大丈夫ですよ。自分で行きますので、ＩＤください』

『しかし……』

思った通り、柚子の声が受話器の向こうから聞こえた。

しかもなんとも横暴なことを言っている様子だ。

受付もまもなく業務終了となるところに来た厄介な客に困っている。

「わかった。そちらに行くから。すまないが、一階のウェイティングルームに案内してやってくれ」

『かしこまりました』

受話器を置いて、呆れた溜め息を天井に吐き出す。

(今すぐに陽奈美を確保して、昨日のことを謝りたいのに)

柚子と会う約束などしていない。

厄介事を持ち込むタイミングの悪さに嫌気がさす。

総司に連絡して迎えに来てもらうべきだが、彼が忙しいようなら瀧に送らせなければ。

話すことに気は乗らないが、まずは総司に電話を掛けながら帰り支度をして副社長室を出た。

＊

「わざわざここまで来て、どうしたんだ」

ウェイティングルームで呑気に出されたお茶を啜っていた柚子は、賢正の姿を見るなり目に涙を浮かべて、ふらふらと歩み寄って来た。

「会いたかったの、賢正くんに……」

さっきの受付での傲慢な様子とは打って変わった弱々しさ。

見ると頬に大きな擦り傷がある。

ぎょっとすると、彼女はそれを隠すように手のひらで覆った。

「気にしないで……」

痛々しく笑うその手首にも、包帯が巻かれていた。

「どうしたんだ、それ……」

「ううん、何でもないの。ちょっと転んじゃって……」

誤魔化すように言う彼女の目的がわからず、社員に見られてはまずいと思い扉を後ろ手に閉めた。

「賢正くん……」

潤んだ瞳で近づいてくる柚子は、倒れ込むようにして賢正に抱きついた。

「柚子、何をしている」

「会いたかったの……それだけだよ」

「離れてくれないか。会社でこんな……」

「じゃあ、ふたりきりになれるところに連れて行って……」

「は？」

うっとりとした目つきで見上げる柚子のおかしな様子に、肩を掴んで引き剥がす。

「陽奈美ちゃんから、まだ聞いてない……？」

「何を……」

陽奈美が相談を受けたということか。

何の相談をされたのかと問うたが、陽奈美は何も答えなかった。

言いづらいことだったのか。

女同士の相談事に自分が首を突っ込むわけにはいかないだろう、とそれ以上は問わなかったけれど。

「それでもいいわ……。近いうちに、陽奈美ちゃんからも話してもらえると思うから」

肩を掴んだ手にそっと触れる柚子は、傷のある頬を染めてぼそりと言った。

「抱いて、ほしいの……賢正くんに」

女の情欲をはっきりと示され、ぞっとする。

これまでも賢正に対する好意は惜しみなく見せてきた柚子だが、ここまで生々しいことを口にしたのは初めてだった。

勘違いが行き過ぎている。

「それは、できない」

「……陽奈美ちゃんは、そうしてもらうといいよって、言ってくれたよ？」

（陽奈美が……？）

信じられないような話に、呆然とする。

彼女がそんなことを柚子に言うなど、ありえるのだろうか。

自分を拒否することなく受け入れてくれた彼女が、柚子に対して同じことを許すのか。

（柚子に嫉妬していたと思ったのは、勘違いだったのか？）

たしかに、陽奈美から気持ちを聞いたことはない。

好きになってほしいとは伝えたけれど、それに対する答えはまだだ。

あんなに彼女の想いを感じたのに、独りよがりだったのか。

だけど……

「過信かもしれないが、彼女がそんなことを言うはずがない。もし仮に、彼女がそう言ったんだとしても、俺は君を抱けない。昔からずっと、想っている人がいる」

大きく目を見開く柚子は、わなわなと声を震わせる。

「わ、私に……恥をかかせるの……？」

「そんなつもりはない。女性からそんなことを言うのに、どれだけの勇気がいることなのかはわかっているつもりだ。だけど、俺は君を抱けない。俺が抱きたいと思うのは、ひとりだけだ」

目に一杯の涙を浮かべる柚子だが、必死に零《こぼ》れないよう堪えている。

震える唇を噛み締め、まるで現実を拒否しているようだ。

「誰なの……、賢正くんの好きな人って。おじいさまに頼んで、その人には別の誰かを見繕ってもらうから」

「言えない。彼女に迷惑が掛かるとわかっていて、わざわざ教えることはない」

「嘘、知ってるのよ私。陽奈美ちゃんでしょう？　お見合いしたって聞いたわ。私との婚約はなかったことにして、陽奈美ちゃんと結婚するつもりなんでしょう？」

嫉妬のあまりに、真っ赤になった顔に笑みを浮かべる柚子が痛々しくてならない。

陽奈美のことを考えれば、隠し通すのも手だと思ったが、いずれはバレることを引き延ばすメリットは大したものではない。

ここで柚子にはっきりと話した方が賢明かもしれない。

「そうだ。俺は、陽奈美と結婚したいと思ってる」

「……っ」

「ずっと前から、彼女は俺の心に巣食っている。他のどんな女性とも比べられないくらい、大切な人だ」

ひゅっと息を吸い、羞恥に震える柚子は、賢正を見つめたまま、黙ってスマホを取り出した。

操作をして耳に当てると、その口から出てきた名前に、心臓が飛び上がった。

第九章

『もしもし、陽奈美ちゃん？』

柚子からの連絡を待っていたところに、ようやくスマホが震えた。

「はい、お疲れ様です。今どちらですか？」

『ごめんね、待たせちゃって。今ね、陽奈美ちゃんの会社にいるの』

「そうなんですね。正面玄関ですか？　すぐに出てきます」

一緒にディナーに行かないかという誘いのメッセージが届いたのは、今朝のことだ。

昨日の柚子の様子から、外食に誘われるとは思わず驚いた。

しかし、自分となら外にも出られると信頼してくれたのかもしれないと、励ますためにも断らなかった。

柚子から連絡をもらって見たスマホには、賢正からのメッセージも届いていた。

だが、それを開く勇気はなかった。

昨夜、あんな風に抱かれてから、彼の嫉妬の怖さと柚子のことが頭をめぐり、彼とどう接すればいいのかわからなくなった。

彼が何も言わずに部屋を出たのもわかっていた。

見送ることができなかったのも、どんな顔をしていればいいかわからなかったからだ。

かといって、封じ込めようとした自分の気持ちは、燻《くすぶ》ったままじりじりと胸を焦がしている。

表に出たいともがく想いが苦しくて、何度溜め息を零《こぼ》したかわからない。

本当は柚子と話をするのは気が重いのだが、断る理由を考える気力もなく、返事をしていた。

彼女が会社まで迎えに来るというので、その連絡を待っていたのだが、柚子はおかしなことを言いだした。

『あ、ううん。そのまま一階の待合室に来てくれればいいから』

「待合室ですか？」

どういうわけか、柚子は会社内にいるという。

『陽奈美、来ることはない。そのまま駐車場に降りて。瀧に送らせる』

柚子の電話の向こうから、賢正の声がしてどきりと驚く。

なぜ、そこに賢正がいるのか。

柚子とふたりでいる様子が目に浮かび、自分の居場所が盗られたような疎外感に、胸がぎりりと軋んだ。

『どうして？　賢正くん。陽奈美ちゃんともちゃんと話さなきゃ。じゃあ、待ってるわね』

『陽奈美……ッ』

彼が呼ぶ声は終話音にかき消される。

来なくていいと言う彼は、柚子とそこで何をしているのだろうか。

ふたりが結ばれるようにしてほしいと泣きながら懇願してきた彼女の思惑どおり、賢正に自分の思いを伝えていたのかもしれない。

それならなぜ、わざわざ陽奈美に仲介させようとしたのか。

賢正が柚子の前で、陽奈美の名前を近しく呼んだのは、もうふたりの関係性を彼女に知られているからなのか。

ちゃんと話そうという彼女の思惑がわからなくて混乱する。

しかし、彼女はすぐそこにいる。あまり彼女との接点を公にしたくないのだが仕方がない。

賢正との関係がバレているのなら、隠れる必要は無い。

顔を上げて、もうほとんどひと気のない部署のフロアを出た。

＊

一階に降りると、受付はすでに閉められていて、ロビーも社員の姿は疎《まば》らだ。

奥の方にあるウェイティングルームへ行き、明かりの漏れるその部屋の扉をノックした。

すると、すぐに柚子の声で応答がある。

扉を開けようとしたら、賢正が出てきて柚子との対面を阻止された。

後ろ手にドアノブを握る真剣な表情の彼を見上げると、どんな顔をして会えばいいのかわからないとあんなに怖がっていた心がたちまちときめく。

このまま彼の胸に飛び込んで、想いを伝えたい。

「駐車場に降りていてくれ。瀧が待ってる。柚子とは俺が話をする」

「ううん、いいのよ陽奈美ちゃん。ちょうどいいんだから、一緒に話しましょうよ」

柚子は賢正の向こうから声を上げ、閉まりかけたドアから顔を覗かせた。

両手を合わせて愛らしく首を傾げる彼女の頬には、まだ痛々しい擦り傷が残っている。

男の力に屈した傷痕は、陽奈美の罪悪感を煽った。

「陽奈美、ここはいい。下に……」

「陽奈美ちゃんは、賢正くんのことどう思ってるの？　両家公認の仲になって、幸せかしら⁉」

外に聞こえるような大きな声で話す柚子。

賢正は陽奈美を柚子から遠ざけようとしてくれていたのに、あまりに唐突な話に困惑し、ひしと固まってしまった。

「中で話しましょうか。まだ社員さんがいらっしゃるんじゃやなくて？」

少し遠くの方から声が聞こえてどきりとする。

副社長と一社員が親密な関係にあると知られたら、賢正の迷惑になる。

ゆっくりと言い聞かせるように話す柚子の異様な様子に、嫌な空気が背筋を逆撫でした。

「瀧を呼ぶ。陽奈美は俺の家に」

優しく言い聞かせる賢正に、胸がきゅっと鳴る。

昨夜の恐ろしさは少しもなくて、いつもの優しい彼の空気に安堵した。

スマホを取り出し操作する賢正の隙を見て、柚子が突然陽奈美の腕を強く引っ張った。

「行かせない！」

肩で息をするように叫んだ柚子は、陽奈美を強引に中へ引き入れる。

潰れそうに強く握られた腕が、ギリギリと痛む。

「っ」

「柚子！」

「どうして⁉　どうしてあなたが賢正くんの家に行けるの⁉」

金切り声が廊下の方へ漏れ、騒ぎになりかねないので賢正は扉を閉めた。

「賢正くんと結ばれるように協力してくれるんじゃなかったの⁉」

柚子は顔を真っ赤にして叫ぶ。

尚も掴まれたままの腕の先が痺れてきた。

もしかしたらこれは、賢正への想いの代償かもしれない。

「落ち着け、柚子。手を離すんだ」

「私だって賢正くんの部屋に上げてもらったことないのに、どうしてあなたみたいな大したことない家柄の女が行けるのよ！」

陽奈美と柚子の間に体を滑り込ませ、掴んだ手を引き剥がす賢正。

「言い過ぎだ、柚子」

解放された腕は痺れていて、柚子の胸の痛みに同調する。

「昔から賢正くんのそばにいたのは私よ！　どうしてぽっと出のお前にその場所を奪われなくちゃいけないの⁉」

怒りと悲しみに満ちた目から、綺麗に光る涙がぼろぼろと溢れる。

柚子の気持ちはわかっている。

マウントを取らないといけないほど、陽奈美を警戒していた。

いつ賢正との見合い話を知ったのかはわからない。

もしかしたら、最初に会ったあのあとに調べたのかもしれない。

街中で会ったのも、彼女の作戦だったのかもしれない。

陽奈美を牽制するために呼び出したランチで、賢正との仲を陽奈美よりも近いのだと知らしめたかったのかもしれない。

「私は賢正くんのことがずっと好きだったのよ！　結婚するのも私なの！　今までどれだけ、賢正くんのために自分を磨いて、女を守ってきたと思ってるのよ！」

賢正の制止も構わず柚子は、陽奈美に全力で心をぶつけた。

「お願い……譲って……、なにも賢正くんじゃなくたって、いいじゃない……」

柚子は最後の思いを吐き出した。

両手で顔を覆い、彼女の人生を賭けて懇願する。

「柚子。すまないが、俺は君とは結婚できない。君が俺をそこまで想ってくれているのと同じように、俺は陽奈美のことが好きなんだ……本当にすまない」

あらためてはっきりと言葉にされた彼の気持ちに、泣きたくなるほどの喜びが胸に溢れる。

「どうして、庇われるのはそっちなの……？　私は惨めに道端で転んでも、誰も助けてくれなかったのに……ッ！」

柚子の言葉に、はっとする。

(転んだ……？)

包帯を巻いた手足と頬にある大きな擦り傷。

「柚子さん……どういうことですか？」

それらは暴漢に襲われたのではなく、柚子が道で転んで怪我をしただけだったのだ。

他の男に汚された体が、賢正に抱かれたら浄化されると訴えていたあれは、同情を引くためめの、嘘。

「何よ、私が本当に暴漢に遭ったとでも思った？」

目を真っ赤にしたまま、柚子は口元だけで嗤う。

賢正と並んだ姿は、世間の誰もが認める似合いの男女だと思っていた。

家柄も申し分なく、噂になるくらい釣り合うふたりだ。

陽奈美も、柚子には敵わないと思っていた。

彼女がそれほど彼を求めるのなら、身を引く選択肢もあるのではないかとも考えた。

それなのに、柚子はそんな嘘を吐いてまで、同情を引き合いに賢正を手に入れようとしたのだ。

(私を嵌めようとしたの？)

圧倒的な不信感が募る。

自分の欲しいものはどんなことをしてでも手に入れる。彼女の祖父に頼めばなんでも叶うと、そう思い込まされたことは不憫だけれど、同情に値しない。

「何の話だ、柚子」

「ほら、あの日よ。賢正くんのマンションに訪ねて行った日。追い払われた帰りに道端で転んだのよ。下ろしたてのヒールは折れるし、周りに誰もいなくてひとりで足を引き摺って帰ったの。惨めでしょう？」

あはは、と可笑しそうに嗤う柚子。

「少しくらい同情されたっていいじゃない」

「嘘を吐いたんですか？」

「そうよ」

「残念です、とても……。柚子さんは私なんかよりずっと、賢正さんに相応しい女性だと思っていました」

「あらそう？　だったら譲ってくれない？」

「それはできません」

「どの口がそれを言うの？」

苛立つ柚子の表情が、険しく歪む。

自分の思い通りにならないのが悔しくてしょうがないのだろう。

だけど、陽奈美にも譲れない想いが生まれた。

「私が賢正さんに相応しいかと言ったら、きっとそうではないと思います。よく思わない人も多いはずです」

柚子が彼女に甘いという祖父に言えば、もしかしたら、陽奈美の生活が脅かされるかもしれない。

それでも……

「だけど、賢正さんが私を選んでくれるのなら、私は賢正さんに相応しい女性になりたい。一生をかけてでも」

柚子にとっては、ぽっと出の女かもしれない。

だけど、十四年ぶりの再会は運命だったと思う。

そう思えるほど、陽奈美のこれまでの価値観が書き換えられた。

賢正の際限ない愛の強襲に、心の不安ごと覆い尽くされた。

大切な人を失くす悲しみを知っているけれど、彼はそれを凌駕《りょうが》する幸せを与えてくれる人なのだ。

そしてそれを失いたくないと思う気持ちは、どうやっても生まれてくるもの。

母はそれをわかった上で、陽奈美に生涯の伴侶を見つけてほしいと願っていたのだ。

今ならわかる。

失う不安に怯えて逃げるよりも、大切に思える人との未知の未来を見てみたい。

「賢正さんが好きなんです。だから、譲れません」

真っ直ぐに賢正を見つめ、心から湧き出る想いを惜しみなく伝えた。

「お前なんかが、賢正くんに相応しい女になれるわけないだろ！」

目をカッと見開き、陽奈美に向って柚子が飛び掛かってくる。

大きく振りかぶられた腕を見て、平手打ちを覚悟した。

このくらいであれば、きっと柚子の心の痛みの方が大きいはずだ。

——甘んじて受け入れよう。

しかし、目を瞑《つむ》った陽奈美の頬に衝撃はなく、近くに感じる気配に目を開けた。

「柚子」

陽奈美の前に立ち塞がり、柚子の腕を止めた賢正は、聞いたことのないような低い声で言った。

「陽奈美に危害を加えるなら、たとえ相手が女でも、幼馴染の君であっても……俺は何をするかわからない」

賢正の背中越しに、彼を見上げる柚子の青ざめる顔が見える。

かくかくと震え出した柚子は、それ以上の攻撃の意志を消し、賢正が手を離すと一歩後ずさった。

口元を押さえ、明らかな恐怖に身を竦めている。

賢正が今、柚子にどんな顔をしているのか、知らない方がいいだろう。

ちょうどそこで賢正のスマホが鳴った。

賢正はそのまま着信を確認し、応答する。

「お疲れ様です、総司さん」

どうやら総司からだったようだ。

「はい、今柚子がここに。ええ、ウェイティングルームにいます。瀧がそこにいるはずですので、案内させます」

タイミングの良さに、図られていたのかと思うほど。

「ここに来る前に総司さんから連絡があったんだ。柚子が家を抜け出したと。……柚子。結婚の話が上がったそうだな。それが嫌で、飛び出してきたと。総司さんが心配していた。行くなら俺のところだろうと思ったら、案の定これだ」

「……嫌に、決まってるじゃない……賢正くん以外の人と、結婚するなんて……」

俯《うつむ》く柚子の目元から、ぽろぽろと光る雫が零《こぼ》れ落ちていく。

「知ってたわよ……賢正くんとの婚約が、正式なものじゃなかったことくらい。……でも気づかないで馬鹿なふりしていれば、賢正くんのそばにいられると思ったのよ……」

陽奈美も賢正も驚いた。

柚子はちゃんと理解していたのだ。

賢正が結婚を望んでいないことも、そもそも婚約が成立していなかったことも。

「賢正くんが好きだったの、ずっと前から。いつかは好きになってもらえると、思ってた」

「ごめん、柚子。君の気持ちには応えられない」

まるで初めて告白するときのように、柚子は思いの丈を震える唇で紡ぐ。

賢正はそれに、はっきりと答えた。

「少しくらい、夢を見させてくれてもいいじゃない……」

声を出して泣きだす柚子は、顔を覆って泣き崩れた。

背後の扉が遠慮がちにノックされる。

柚子の声が漏れ聞こえていたのかもしれない。

扉の向こうから、瀧が声をかける。

「副社長、総司様をお連れしました」

「ああ、ありがとう」

現れたふたりは、柚子の姿を見てぎょっとしていた。

驚きをすぐさま隠した総司は、柚子に歩み寄って優しく背中を摩《さす》った。

「柚子が嫌なら、父さんたちとちゃんと話をしよう」

「……嫌よ、いや……どうして……」

「ひとまず帰ろう」

柚子の悲しさが嫌というほど伝わってくる。

慰めたいけれど、彼女にとってそれは嫌味以外の何物でもないだろう。

「賢正くん、すまなかった、騒がせてしまって。柚子は連れて帰るよ」

「ご足労いただいてありがとうございました」

「また今度ゆっくり話そう」

穏やかにそう言い残し、総司は柚子を支えるようにして連れ帰った。

「瀧、すまなかった。総司さんと鉢合わせるつもりはなかったんだ」

「いえ、私は構いません」

会ってはいけないふたりだったのかと疑問に思っていると、賢正が振り向く。

ゆっくりと瞬く彼の眼差しから熱を感じた。

さっき柚子に見せていた表情とはおそらくまったく逆の感情だろう。

「それでは、私はこれで」

「ああ、お疲れ様」

何かを察したらしい瀧は、何もなかったように部屋を出ていく。

突如ふたりきりになった部屋で、賢正は陽奈美を抱きしめ、唇を合わせてきた。

陽奈美の背中をつぶしそうなほど掻き抱き、真上を向かせた陽奈美の口に熱い舌を差し込む。

ここが会社であることが頭を過ったが、いつものように彼の熱が思考を融かし、求められるままに自分を差し出した。

丹念に扱《しご》いてから、満足そうに舌が引き抜かれる。

彼の唇の端から垂れるいやらしい唾液がエロティックで、それだけで軽く昇天しそうだ。

「さっきの……、ほとんど逆プロポーズだったじゃないか」

「さ、っき……」

なんのことか思考が及ばず、うっとりしたままおうむ返しする。

「俺にそれを言わせるのか？　案外強かだな、陽奈美は」

そう言いながら、賢正は背後のテーブルに陽奈美をやんわりと押し倒す。

スカートの裾を掻き分け、太腿を撫で上げる彼の熱い指に、はあ、と火照《ほて》った吐息を零《こぼ》した。

「俺に見合う女になるんだろう？　一生をかけて」

「ん……」

耳朶《じだ》を舐られ、首筋に駆け降りるくすぐったいような快感が、陽奈美の女を刺激する。

「しかも、俺のこと……どう思ってるって、言った？」

いつの間にかシャツの胸元を暴かれていて、鎖骨が情欲を灯した舌になぞられていた。

「あ……」

「教えて、陽奈美……」

「ん、……き、って、言いました」

「うん？」

体の火照《ほて》りはますます温度を高め、ときめきを得たくて見た彼の表情は、涙で歪んでいた。

「……好き、です。賢正さんのこと……。たまらなく好き」

はっきりと告げる告白に、瞠目する賢正。

「好き、賢正さん」

一度口にすると、自分では抑えられないくらい、想いが溢れてくる。

それを受け取った彼は、陽奈美に目いっぱいの笑顔を見せてくれる。

「俺は、愛してるよ、陽奈美」

さらに上を行く愛の告白に、目に溜まっていた涙がこめかみを伝う。

それを唇で拭った賢正は、

「早く帰って、もっと愛したい」

と、とろけるように甘い言葉を囁いた。

第十章

それから数週間が過ぎた。

あれ以来、柚子は陽奈美に連絡を寄越すことはなく、賢正の前にもちらりとも姿を見せなくなった。

先日聞いた結婚話はどうなったのか、総司からも何の話も聞かないと賢正は言っていた。

会社での出来事は誰にも見られなかったようで、平和な日常が過ぎている。

社員たちが退社した後の時間帯だったからだろう。

そして、陽奈美と賢正もまた密かに愛を育んでいた。

心も体も強く結ばれたふたりは、しばらく関係を公表しないことにした。

仕事を辞めたくない陽奈美の意向を彼が汲んでくれたのだ。

賢正は、金銭面だけでなく心が自立している陽奈美を愛しいと言う。

週末の夜は、決まって賢正の家で愛し合うのがお決まりだ。

今日もまた、帰宅するなり夕飯の支度をする間もなく、ベッドルームに連れ込まれ、散々愛を刻みつけられた。

愛に塗れ、高め合った体を、今度はバスルームでゆったりとお湯に浸からせているところだ。

乳白色の湯船の中で陽奈美を後ろから抱きしめ、肩や首筋にキスを落とす賢正。

お湯の温かさと彼からの愛撫の名残に、体はすぐに熱を上げる。

「陽奈美……」

「ん……」

「……ここで一緒に暮らそう」

低く囁いた声が、バスルームにじんわりと響いた。

思いがけない提案に彼を振り向く。

「いいんですか？」

「ダメなわけないだろう」

鼻が触れそうな距離で見つめ合えば、そのまま唇を重ねるのは自然なことだ。

キスをするのと同時に、賢正が下から胸を抱えてゆっくりと揉みしだく。

「……っ、あ……」

両方の人差し指で、先端の突起をくにくにと意地悪に転がされる。

「あ、は……ぁ」

すぐに鋭敏さを極め、悦に固くなる胸の頂。

ぴくぴくと体を引くつかせる陽奈美の脚の間に、お湯とは違う泥濘《でいねい》が発生する。

もじもじと太腿を擦り合わせるたびに、湯船がさざ波を立てた。

「ん、あ……」

「朱美さんは、どうする？」

与えられる快感に集中している最中に、急に母のことを出されて我に返る。

火照《ほて》った溜め息を吐いてから、胸を触り続ける彼に自分の手を重ねた。

素直に動きを止める彼の手をちょっと寂しく感じながら、彼を見つめた。

「実は今日、母と瀧さんが一緒に別荘に行っているんです」

そう、実は、朱美と瀧はあれからいつの間にか恋仲に発展していた。

恐らく母は、瀧のことが気になっていたのだろうけれど、夫への想いを残したまま、瀧を好きになってはいけないと思っていたようだ。

しかし、瀧の方もまた、朱美を案ずるうちに、男としての愛情が芽生えたのだ。

「そうか」

「あまり驚きませんね。ご存じだったんですか？」

「いや、はっきりと聞いたわけではなかったから。そうなればいいとは思っていたが」

この週末、朱美と瀧は、ふたりで三条家の別荘へ行っている。

墓参りをして、父との思い出の地で、ふたりのことを認めてもらうために。

「安心した」

瀧が朱美といてくれるのなら、これ以上の安心はない。

この先ふたりの関係がどう発展していくかは、見守るほかないけれど。

このままふたりが上手くいってくれれば、あの家も別荘もしばらくは彼らが守ってくれるだろう。

「はい、よかったです……っあ」

両方の乳首を少し強めに摘み上げる彼の意地悪な指。

簡単に反応する体は、びくんと大きく快感に振れた。

かろうじてつなぎとめる意識の中、朱美が味わうはずだった幸せを、瀧からもらってくれればいいと切に願う。

父のことはまだ忘れていないだろう。いや、忘れる必要はない。

生涯夫を忘れることは無いとわかっているが、それでも心の支えは必要だ。

それを引き受けてくれるのが瀧なら、応援しようと陽奈美は決めた。

大切な人がいる心強さと幸せを身に染みて感じているからこそ、そう言えるのだと思う。

「あ、あ……ん」

母を案ずる思いが理性とともに遠のいていく。

胸を触っていた手が腹部を這い降り、濡れた秘処をあっさりと指で開かせる。

「や、だめ……」

「だめじゃない。気持ちいいことしかしない」

そう言う賢正は割れ目を指でなぞり、おかしそうに喉で笑う。

「あれ、ぬるぬるじゃないか」

「いゃ……」

「お湯、じゃないよな」

わざと羞恥を煽る彼は、蜜壺から滲《にじ》み出る泥濘《でいねい》を塗り広げるように、下から秘種を指で舐り上げた。

「あああっ」

その時を待っていたように、一番の性感帯が刺激されて、快感が突き抜けていく。

「ああ、ああっ、ああん」

コリコリと気持ちよさを極限まで高める指の動きに、腰がびくびくと飛び跳ねる。

ちゃぷちゃぷと波打つ湯が、卑猥な雰囲気を盛り上げた。

(あ、イきそ……っ)

高みまで駆け上がろうとしたところで、気持ちいい行為が中断された。

「あ、……ぁ……」

浅い呼吸が胸を揺らし、到達できなかった虚しさに体が悦を求める。

「惜しかった？　もう少しでイけそうだったのにな」

わざとだ。

陽奈美の体を知り尽くす彼に、快感すらも操作されているのだ。

悶える体を翻し、彼は目の前に持ってきた胸にしゃぶりついた。

「ああっ、あんっ、ぁあっ」

鋭敏なままだった先端は、下肢へ悦に塗れた刺激を送る。

弄《もてあそ》ばれているのは胸の方なのに、ぎりぎりのところまで膨らんだ悦楽が、表面張力を壊すように絶頂を弾けさせた。

「ぁああ……っ」

「乳首だけでイった？　やらし」

ぴくぴくと絶頂に震える陽奈美の腰を抱き、そのままいきり立つ彼の欲望を中へ突き立てた。

「あぁっ、いや、だめ……っ、まだイってる……ッ」

「イきながらの挿入は、最高なはずだ」

「あぁっ、あっ、アンッ、あんっ」

大きくお湯を波立てて抽挿を繰り返す賢正。

最奥を深く射されて、あっという間に更に上をいく絶頂感を味わう。

「んぁああっ」

「さっきベッドでも三回イったのに、まだイけるんだな」

「や、……言わ、な……」

陽奈美は、賢正の体に被さるように脱力する。

抱きとめる時間もそこそこに、バスタブに手をつかされ、後ろから挿入された。

「あああっ、やぁあっ」

「すぐに取り込まれる。いやらしい体になったな、陽奈美は」

「あっ、あんッ、ンっ」

なおも続くピストン運動に、悦楽を極める気持ちよさが意識を凌駕《りょうが》する。

「愛してる、陽奈美」

甘く囁く賢正。

最上級の幸せの中、またしても味わう絶頂感。

彼がまだイってないと気づき、ぞくりと期待に震える。

意識をなくすまでの至極の快感は、夢の中でも続いていた。目を覚ますと彼と繋がったままで、もうこのまま死んでもいいとすら思うほど幸せだった。

そして、その幸せを確たるものにする彼の正式な求婚は、もう間もなくだった。

この作品に対する皆様のご意見・ご感想をお待ちしております。

おハガキ・お手紙は以下の宛先にお送りください。

【宛先】

〒 150-6008 東京都渋谷区恵比寿 4-20-3 恵比寿ガーデンプレイスタワー 8F
（株）アルファポリス　書籍感想係

メールフォームでのご意見・ご感想は右のＱＲコードから、
あるいは以下のワードで検索をかけてください。

アルファポリス　書籍の感想　検索

ご感想はこちらから

冷徹副社長《れいてつふくしゃちょう》との一夜《いちや》の過《あやま》ちは溺愛《できあい》のはじまり

真蜜綺華（まさみつ あやか）

2023年 7月 25日初版発行

編集－徳井文香・森 順子
編集長－倉持真理
発行者－梶本雄介
発行所－株式会社アルファポリス
〒150-6008 東京都渋谷区恵比寿4-20-3 恵比寿ガーデンプレイスタワー8F
TEL 03-6277-1601（営業） 03-6277-1602（編集）
URL https://www.alphapolis.co.jp/
発売元－株式会社星雲社（共同出版社・流通責任出版社）
〒112-0005 東京都文京区水道1-3-30
TEL 03-3868-3275
装丁イラスト－三廼
装丁デザイン－AFTERGLOW
（レーベルフォーマットデザイン－ansyyqdesign）
印刷－株式会社暁印刷

価格はカバーに表示されてあります。

落丁乱丁の場合はアルファポリスまでご連絡ください。

送料は小社負担でお取り替えします。


ISBN978-4-434-32298-3 C0093